講談社文庫

PK

新装版

伊坂幸太郎

講談社

目次

P
K

P
K

A

グラウンドは緑の海だ。照明で照らされ、色鮮やかな芝が広がっている。ロスタイムは、砂の山が風で少しずつ削られるが如くじわりじわりと減り、今や掻《か》き消える寸前だ。観客は固唾《かたず》を飲み、その視線の移動だけが音を立てている。

唐突に波がうねった。水面すれすれを紡錘形《ぼうすいけい》の魚が突っ切るかのように、ボールが芝を揺らし、右サイドへと飛んだ。

走り込んできた小津《おづ》が脚を動かし、右足でボールを受け止めた瞬間、競技場の五万人の観客たちの声が、それはすでに声とも言えぬ、無言の叫喚とでも呼ぶべきものだったが地面を震わせた。オフサイドの旗も上がらない。

イラクチームのコーナーキックからの競り合いが起きたのが数秒前だ。いつ試合終了の笛が鳴るか、今鳴るか、もう鳴るか、と観客の誰もが怯《おび》えていた。混戦となったアジア予選リーグは、最終戦で四ヵ国にワールドカップ出場の可能性を残している。勝ち点が入らなければ日本の出場はない。

もはやこれまで、の思いが観戦している日本人の心にじんわり滲《にじ》みはじめた時、小津にパスが渡った。興奮が、その、カタールのスタジアムを包んだのも無理はない。

優れた人間には席が用意されている。

この試合、失敗を繰り返していたとはいえ、小津は日本代表の要であり、日本が持ち腐れにしている選手だ。

イラクの守備陣は、ゴールキーパーを含め四人いる。長身のディフェンダーがすかさず小津に詰め寄る。

小津は右足アウトサイドでボールを蹴り出した。当然ながらディフェンダーも同じ方向へと身体を移動させる。と同時に、小津はいったんボールを跨《また》ぎ、後ろに引いた右足のつま先近くで触れ、自分の背面で左方向へと転がした。小津の身体の後ろ側をボールが横移動するのに翻弄され、ディフェンダーはバランスを崩す。体勢を戻そうとした時には、その脇を抜け、ゴールへの直線距離を走っている。歓声が、爆弾が弾けるようにまた鳴った。

もう一人のディフェンダーが慌てて、駆けてくる。小津はボールの角度をさらに変えた。左へ弾く。ディフェンダーの目がそれを追い、身体もそちらに傾く。すかさず小津は右側へ、鋭角に方向転換する。ディフェンダーは足を滑らし、倒れた。際限なく大きくなる歓声が芝の海原を引っ繰り返し、そのたび、グラウンドを波立たせる。

小津はキーパーと一対一となる。足元のボールを小さく右へ転がし、右脚で跨ぐとすぐに左側へ移動させる。キーパーは完全に重心のかけ方を誤り、というよりもそれは、小津の誘導に乗っただけであるから誤りとも言いがたかったが、シュート体勢に入った小津を横目に、身体を起こすことができないでいる。

ゴールと小津の間には誰もおらず、目の前に広がるネットにボールを蹴り込むだけだった。

すると、身体が倒れた。

背後から滑り込んできたディフェンダーの右足が、小津の軸足に激突したのだ。反りかえった後で、小津は前に倒れグラウンドに手をつく。

観客席からの怒声がグラウンドに流れ込む。

芝の海に、どぼんと沈んだ小津は溺れぬために地面にしがみつくような姿勢で、うつ伏せのまましばらく動かない。緑の、けれどヘドロとは程遠い、美しい緑の水面だ。

主審の笛が、目に見えぬ巨大な絹の布を凄まじい力により引き裂くような、鋭い大きな音を発した。赤いカードを取り出し、イラク人ディフェンダーに向ける。観客席からの声が爆発し、緑の芝の海は、蛇腹が揺れるかのように波打つ。PKだ。

B

「お父さんには、次郎君という友達がいたんだ」父親が言った。幼稚園児である息子二人がじっと見つめる。「次郎はテレビゲームばっかりやっていて、大変なことになったんだよ」

「どうなったの」

「ゲームのやりすぎで、目にゲームの色がくっついて」

「目に色が」子供たちは自分の瞼《まぶた》をそっと触る。

「そうなると、空が赤く見えたり、海は黄色く見えたりして」

「大騒ぎ」

「その通り、大騒ぎだよ」

幼稚園児は慌てて、つかんでいた携帯ゲーム機を放り投げ、目をこする。そして、お互いに顔を見せ合い、「目どう?」「ちゃんと黒い?」と確認していた。

父親は、子供が生まれた時から、次郎君の恐怖体験をでっち上げ、躾《しつけ》を行う方法を好んできた。

「次郎は、ママのミシンで遊んでいたばっかりに大変なことになったよ。指を縫って、人差し指と中指がくっついてしまった。それを切るのに手術をして、大騒ぎだ。麻酔が効かなくて、飛び上がるほど痛かったんだと」と脅し、子供は、ミシンに近づくのが恐ろしくなった。

さらに別の日、いつまでもテレビを観続ける息子に対してはこうだ。「次郎は、テレビ番組を観過ぎたから、大変なことになった。テレビの中に吸い込まれてしまった。テレビの向こう側は真っ暗で、音も聞こえない。暗黒だよ。テレビの中に行ってしまったんだ」

「次郎は歯ブラシを口に銜《くわ》えたまま、走っていたから、転んで大変なことになったぞ。喉に刺さって、首の後ろから歯ブラシが突き出した」

息子たちは、次郎君に同情した。首から歯ブラシがはみ出し、指はミシンで縫われた痕があり、おまけにテレビの国に吸い込まれている。受難の王様である。お兄ちゃん、僕たち次郎君じゃなくて良かったね。うん本当に良かった。兄弟は深刻な表情で言い合う。

C

エレベーターの中だった。二人のほかに人はいない。「十四時に佐藤課長より、都市計画法改正案について説明がありますが、その前に公用車で博物館に出向き、飯田氏と打ち合わせをする予定です」電子パッドを操作し、スケジュールの確認をした秘書官は言い、それから、後援会長の長男が明後日に結婚式を挙げるため祝電を手配しておきました、と報告した。

大臣は礼を言う。一方で、秘書官の内面を読み取ろうとするが、黒い板を前にするような感覚しかない。先月、五十七歳にして大臣の職に就き、初めて会って以来、この秘書官の無愛想と融通の利かなさには辟易《へきえき》していた。もちろんそれは丁寧さと実直さの顕《あらわ》れなのだろうが、周囲の誰を信じて良いのか分からぬ今の心持ちからすると、感情の見えぬ秘書は不気味以外の何物でもなかった。

「渋滞しているかもしれないから、早めに出たほうがいいだろうか」

「了解しました」

「次郎君は」大臣は、唐突にその名前を登場させた。「私の父の友達に、次郎君というのがいたらしいんだが、その次郎君はあまりに遅刻ばかりしたから、時計を腹に入れられたらしい」

秘書官は無言で、じっと大臣を見つめた。いったい何の話をはじめるのだ、と訝《いぶか》る様子だったが、それも感情のあらわれとは程遠く、聞き取りにくい音声に対し、疑問の信号を発しているだけにも思える。軽蔑しているのかどうかも見て取れない。

「子供の頃、父は、私たちを躾ける時にはたいがい次郎君の話を聞かせたんだ。そんなことをしてると酷い目に遭うぞ、実際、次郎君はこうなった、とそんな具合に。たとえば、次郎君はテレビの観過ぎで、テレビに吸い込まれた、であるとか、ミシンを」と数々の、次郎君の受難物語を聞かせた。

秘書官はそれを聞き、「興味深いですね」とまったく興味がなさそうに答えた。「そういえば、幹事長から電話がありました」

大臣の胸の内側に、重い分銅が急にぶら下がる。「何と言っていたかな」

「返事が早く欲しい、と。私は詳細は分からないのですが、大臣にはそう言えば分かる、と」

君も本当は全部知っているのではないか、と大臣は喉まで言葉が出かかった。君も、私がさっさと証言すれば良いのに、と思っているのではないか、と。

先日、会った際、幹事長は、「嘘をつくのが嫌だ、などと青臭いことを言うのではないだろうね」と口にした。大きな目をぎょろつかせ、豪快に鼻息を噴いた。

「嘘をつくことは私にもあります」大臣は正直に答える。

「それならば、今回もそうすればいい」

「自分がついた嘘で、誰かの人生がめちゃくちゃになることが嫌なのです」

「君がいくら、聖人君子であっても、知らず、誰かを傷つけている可能性はある。今までもそうだったはずだ。今さら何を」

「言い方を変えます。私は嘘をつくことが嫌なのではありません。それを誰かに強要されることが嫌なんです」

「このままでは君も無事ではない」幹事長の口振りには老獪《ろうかい》さが満ちている。

「どういうことですか」

「君の破廉恥な行動が公表される」

大臣はその時、相手が何を言い出したのかすぐには理解できなかった。「破廉恥」

なる古臭い言葉を使う感覚に、社会の暮らしと隔絶した無神経さを覚えるが、一方で、その言葉の持つ滑稽さに、得体の知れない恐ろしさも感じた。「破廉恥とはまた、どういった行動のことですか」

「痴漢や強姦、未成年者への性的暴行や露出趣味など、いろいろあるだろう」

「いずれも私は関心がありません」

その時、目の前の政治家は、世にも下らないものを見た、と嘲《あざけ》るように鼻で笑い、

「だけど公表される」と言い切った。

「事実ではないのに、ですか」

「世間が事実だと思ったことが事実なんだ。君の細君や息子さんは幻滅するだろうな」

その言い方は、映画の評判を話すような弛緩《しかん》したものであったのにもかかわらず、大臣は相手が真剣に脅しているのだと分かった。

下降していくエレベーターの中で、「そういえば」と大臣は口にした。「あの調査は進んでいるかな」

秘書官が顔を向ける。無言で、記憶を整理するような間があった。

「二〇〇二年ワールドカップの前年」正確に言えば、その前年の予選のことだ。

秘書官は無言でうなずき、電子パッドを取り出すと、操作をはじめる。

サッカーのワールドカップ、フランス大会アジア予選の最終戦についての、調査だ。セントラル方式で行われたカタールでの試合、四ヵ国に出場の可能性がある混戦、日本の予選突破の条件は勝利つまりは勝ち点三、対イラクのその試合は無得点同士でロスタイムに突入、そして最後に、日本のエースである小津選手がPKをつかみ取った。

秘書官には、それに関する調査を依頼していた。「あの時、どうして小津選手はPKを決めることができたのか」

エレベーターが到着する。降り立った一階には、背広を着た職員たちが隊列でも作るかのように並んでいた。ひそひそと自分について噂話をしている気配を背後に感じる。慣れてはいた。大臣に就任する以前より、議員としてはまだ若かった頃から、人の好奇の目、関心の眼差しを受けていた。「ほら、あの」と名指しされ、興味を持たれてきた。ほら、あの。

愉快ではなかったが、政治家にとり、「ほら、あの」と噂されることはプラスに作用するのも事実だ。当選回数はそれなりに重ねてきたとはいえ、大臣になる道筋が比較的スムーズであったのは、「ほら、あの」の恩恵だと、そういう自覚はあった。

庁舎を出た後で公用車に乗り込む。後部座席の奥に大臣が座り、その横に秘書官が体をおさめた。運転手が車を発進させ、少し経ったところで、「PKの成功率は八割と言われているようですね」と秘書官が言い、それをきっかけに二〇〇一年のPKの話題に戻る。「あの時、小津選手がPKを決めたことは特別ではない、と思います。決まって当たり前のようなものですから。八割の確率です」

「あの日、小津は調子が良くなかった。ノーマークのシュートを二つ外し、パスの精度も悪かった。そんなことはあの小津には、一度もなかったはずだ」

「そのようですね。今回、調べて分かりました」

小津は十年前の日本代表を牽引《けんいん》する、フォワードだった。裕福とは言いがたい家庭で育ち、貧相な体格だったからか同級生たちから虐《しいた》げられながらもサッカーの練習に励み、無名中学、弱小高校と進んだものの、その間に才能を開花させ、いつの間にか、決定力が決定的に不足している日本のサッカー界を救うストライカーとなった。

「君は本当に、あの時の試合をリアルタイムでは観てなかったのか」

「ええ」秘書官は当然のように答える。

十年前の、あのワールドカップ最終予選は、試合の開始時間がテレビのゴールデンタイムに近かったからか、平日ではあったものの、国民の誰もがその試合を観ていたような印象を、大臣は持っていた。会社員たちの大半は仕事を放り投げ、帰宅し、もしくはテレビ観戦のできる店や公衆観戦のできる場所へ、いそいそと向かった。飲食店のテレビはワールドカップ予選の放送チャンネルに固定され、テレビ未設置の店は客が入らず、がらがらだった。やむを得ず、残業をしなくてはならない会社員たちは、職場のパソコンで、試合実況を行うサイトを閲覧し、試合の合間に仕事を進めた。仕事効率が悪いのは明らかであるが、それを責める人間はどこにもいなかった。仕事中の観戦を咎める立場の者たちも、観戦をしていたからだ。

車が左へと大きく曲がっていく。幅広の有料道路に合流し、速度を上げる。高層の庁舎が左手奥に見えた。

大臣は話す。「あの日の、あの小津の様子ならPKを外す可能性も充分ある、と私は観ながら思っていた。何しろ、試合中ずっと不調であったし、何と言ってもあの大一番だ」

「逆の考え方もあります。いくら不調であっても、大一番だからこそ、エースストライカーは本領を発揮した、と。私はサッカーには疎《うと》いですが、そもそもスポーツ全体に疎いのですが、あの時間で、あそこで三人をドリブルで抜くこと自体が、驚異的なのですよね？」

「あれが得点に結びつかなかったとしても、あのプレイは語り継がれたはずだな」どうしても小津を止められなかったからこそ、必死になって、ディフェンダーはファウルを犯した。

「結局、小津選手のPKは成功しました。日本代表はワールドカップ予選を通過します」

「日本中が歓喜に沸いて、もとからスターだった小津は、スーパースター、時の人になった」

「別に問題があることとは思えませんが」秘書官は冷たく言う。

「だが、あの時、宇野《うの》が何かを言ったのは間違いない」

十年前のあのロスタイム、PKを蹴る直前、小津のそばに、ミッドフィルダーの宇野が近づき、話しかけた。二人は小声でいくつか会話を交わした。そしてその直後、小津は顔をほころばせ、誰が見ても明白なほどに体の強張りから解放された。

その様子は、テレビカメラの映像に残っている。分析され、引用され、さまざまな仮説の証拠に使われた。

二人の日本代表選手の間でどんなやり取りがあったのか。

十年の間、さまざまな憶測が飛び交った。

「まさか、大臣がその調査を私に依頼するとは思いもしませんでした」

「昔から真実が知りたかったんだ」

「昔から知りたかったのに、どうして最近になって、実際に調べてはじめたんですか」

「君はどう思う？」大臣は外に向けていた顔を、秘書官に移動する。

「何がですか」

「私がどうして、急に、その長年の疑問を解き明かしたくなったのか」

秘書官は答えない。

B

「勇気とは、勇気を持っている人間からしか学ぶことができない」オーストリアの心理学者アドラーはそのようなことを言った。その言葉を何度も反芻《はんすう》しながら、頭の中で唱えながら、作家は三軒茶屋の住宅街を、奥へ奥へと進んでいく。

渋谷で田園都市線に乗るまでは、まだ周囲は明るく感じた。個人邸の壁や駐車場、植え込みばかりの場所に戻ってくると、壁は影に飲まれ、道路には黒く湿った液体が這うようで、作家は小走りになる。

出版社の編集者から、「相談がある」と呼び出されたのが数時間前だ。渋谷に出向き、ホテルのラウンジで話をした。はじめは、数ヵ月前に書き上げ、改稿を重ねている作品の出版時期についての話し合いかと思った。もしくは、タイトルの変更や、以前から懸案となっていた冒頭部分の文章の直しを提案されるのか、と。

実際に行くと、様子が少し違った。出版社の担当者の隣に、背広を着た、きっちりと髪を分けた、未知なる男が座っており、プリントアウトした原稿を広げ出したのだ。四十過ぎではあるのだろうが、艶々とした陶器のような肌をした男は、「人気作家で、大変にお忙しいあなたのような方にお願い申し上げるのは心苦しいのですが」と言葉遣いこそ丁寧だったが、体温を感じさせない態度で、「改稿の相談をさせていただきたいのです」と言う。

原稿のあちこちに、赤の字で添削がされている。単語が消され、別の文字で置き換えるような指示や、まるごと文章が消された箇所もある。書き込みの数は膨大だった。

もちろん赤字による修正自体に抵抗はなかった。作品を創り上げるための、編集者とのやり取りは日常茶飯事であるし、望むところではある。問題は、見ず知らずの男から修正を促されていることだ。

「どういう理由で？」作家はもちろん訊ねたが、すると背広の男は、「こちらのほうがより良くなるからです」と答える。

「検閲の禁止は憲法二十一条に明記されているけれど」

「検閲は、公権力が、出版物を審査して、不適切と判断した場合に、その出版を禁止することを言います。よく見てください。この赤い字はすべて、よりよくするための提案で、出版を禁止する相談はどこにもありません」

もう一度、原稿をめくる。特定の形容詞が別の言葉に置き換えられ、普通名詞のいくつかが変更されている。ところどころに、「青い」「青く」と形容詞が加えられてもいた。どういう意図があってなのか理解できない。性描写の場面には、「もっと具体的なイメージが湧くように」と提案がある。性描写の抑制を指示するのであれば検閲と受け取りたくなるが、これは確かに、通常の改稿案と同じだ。にもかかわらず、作家は、穏やかならざる圧力を、その赤い書き込みから受ける。紙から、赤い字がふわりと立ち上がり、細い針金のように形を変え、今にも自分を刺してきそうだった。

「直さなくても構わないか」まずはそう返事をした。

「直していただければと思います」言葉は柔らかいが、強い力が感じられ、作家は怯《ひる》む。怯むと同時に、反発も覚える。相手は拒否されることを端から想定していないのだ。

「もし、嫌だと言ったらどうなるんだろうか」

「大変なことになります。と言ったら、了解してもらえますか」

「大変なこと？」作家は、先ほどからただの同席者に成り下がり、意見も説明も口にしない出版社の人間を窺うが、彼は困り果てた末に達観したかのような、表情の消えた顔をしているだけだった。

「大変なことというのは、出版禁止とか？　それなら憲法の」

「二十一条は関係ありません」背広の男はぴしゃりと言う。「人の自由について、話をさせてください」

「人の自由？」いったいどういう脈絡なのか、と作家は、きょとんとした。

「人は自分の好きなことを、好きなように、好きな時にすることができます。少なくとも、現代の日本では、法律に反しない限り、そのことが許されています。あなたは自分の小説を、好きなように、好きな言葉を使い、書くことができます」

「それが売れるかどうかは別問題だけど」と作家が首を捻ると、その時だけ、出版社の担当者は微笑んだ。

「ただ、時に、その自由を阻害される機会があります。ある時、予告もなければ、理由も分からないままに、自らの意思に反することを要求されます」

男が続けたのは、蟻の話だった。真夏の陽射しが照らす土の上を縦横無尽に移動する、蟻の群れだ。

蟻たちは自由意志で行動している。もちろん、群れの中でのルールや都合、作戦や指示に従ってはいるだろうが、それはまだ自由の範疇《はんちゅう》だと考えよう。が、そこに人が訪れ、おそらくは幼児に違いないが、その幼児がおもむろに蟻を摘み上げ、無理やりに移動する。別のところへ放り投げるか、そうでなければ、意図していない場所を歩くように強いる。

つまりその時、蟻は、理不尽な野蛮な力によって、自分の意思に反する行動を取らされたことになる。

蟻にはもちろん、自由意志を挫《くじ》いたその力の正体が分からない。そもそも、その幼児に、理由と呼べるものがあったかどうかも定かではない。

「もし、その蟻が逆らって、人間の指を嚙んだとしましょう。いえ、嚙まないまでも、抵抗を示したとしましょうか。すると幼児は腹を立て、『どうして思うようにならないか』と蟻を踏み潰すかもしれません」

「その蟻を？」

「むしゃくしゃしていたら、蟻の群れ全部を踏み潰すこともあるでしょうね」

背広の男が言うのを聞き、作家は目を上に向けた。

ホテルの高い天井が剝がれ、鉄骨やパネルを突き破り、巨大な靴の裏が自分を踏み潰しにくるのを想像した。乱暴に、踏みつけられ、こちらは右往左往し、痙攣《けいれん》する。

思い出したのは、以前、同業者の誰かが得意げに喋った、「印象付け」に関する話だ。

「アメリカは、『戦争』『ウォー』という言葉に負のイメージを抱かせぬように、ずいぶん前から、たとえば、『エイズとの戦争』であるとか、『貧困との戦争』であるとか、『ウォー』という単語を、正義の意味合いと結び付けて、あちらこちらで用いていた。いつか、軍事的な意味における、真の戦争を起こす際に、国民の支持を得やすくするための準備だったのだ」同業者は興奮気味に主張した。どこかで聞いたことのある話であるし、そもそも、「アメリカ」が誰を指すのかが曖昧で、説得力に乏しい。作家は新鮮にも思えず、聞き流していたが、唐突にその話が頭に蘇った。

「来週、お電話をいたしますので、その時までに検討していただければと思います」

背広の男が、赤のペンで指摘の入った原稿を封筒に入れ、寄越し、出版社の担当者も何か挨拶を言い、二人揃って立ち去った。

家に帰り、玄関に置かれた子供たちの靴と妻のサンダルを見て、作家はようやく落ち着きを取り戻した。居間に顔を出し、携帯ゲーム機で遊ぶ子供たちに声をかける。

上着をクローゼットにしまった後で食卓に戻った。妻が夕食の支度をはじめていた。料理の載った皿を順に置いていく。

「今度は何?」妻は、作家のほうを見ずに、笑いながら言った。「核ミサイル? それとも地震? ハイパーインフレ?」

「ああ」と作家は答える。相槌というよりも、呻き声が洩れたようなものだった。

「あなたも大変だね。いつも不安なことばかりで」

「どうして、私が不安だと分かった」

「そういう顔してるじゃないの。そのうち、不安なことがないのが不安だ、と言い出すんじゃないの」

揶揄されても仕方がない。彼はいつだって、不安を抱えている。たとえば、朝鮮半島の北側の国が、大量破壊兵器を積めるミサイルの発射実験を行うと発表すれば、テレビの報道や週刊誌記事、ネット上のニュース記事を限なく読み、つまりは限定的な情報にまんまと誘導され、「このままでは大変なことになる」と青褪《あおざ》める。もしくは、空に奇妙な雲を目撃すれば、これは大地震の兆候に違いない、と確信し、しばらくは高層ビルには近寄らず、できる限り家族と一緒にいるべきだ、と家に閉じこもる。週刊誌で読んだ、「日本経済が崩壊する」「紙幣は紙くずになる」といった扇動的な予言記事にぎょっとし、自分の、それほど潤沢とも言えない預金の半分を、地金へと換えねばならぬ、とそわそわした。

「事が起きてからでは手遅れだからね」作家は、自分の心配性と小心を言い訳する。

「でも、戦争とか地震とか、そんなに巨大なことが起きたら、みんな一緒に巻き込まれるんだからそれはそれでいいじゃない。どうにもならないし、それに自分だけ生き長らえようとするから、苦労するんだよ。ミサイルがこの国に落ちてくると思う？現実的じゃないよ。小説家って考えることが漫画みたいだね」

「そうじゃない」と作家はむきになる。

彼が心配しているのは、ミサイルが落ちて物理的な被害が出ることや、大地震によって家や財産を失うことではなかった。もちろんそのことも恐ろしかったが、それ以上に、社会の秩序が失われることが、守ってきた法律や道徳が、実は張りぼてに過ぎない、と露わになることが、怖かった。

夢に見るのは、街を歩く集団だ。長い道路の向こうから、いちように草臥《くたび》れた様子で、俯き気味に現われる人の群れだ。体型も異なれば年齢もばらばらの男女が行進していく。彼らは灰色の服を着ている。もとは白かったはずが、薄汚れ、黒く染まりつつある。不安と鬱憤《うっぷん》のせいだ。

先行き不透明の陰鬱な思いが、彼らの衣類を濁らせ、暗く沈ませる。

彼らがそのうちに、衣類どころか全身を黒くし、悪意や敵意を剝き出しにし、自らの欲望と暴力衝動にのみ従い、行動しはじめる。

常識は通用せず、鬱憤の爆発だけがそこにはある。

攻撃対象を見つければ、大興奮で潰すだろう。

「ひとりひとりはいい人たちだけれど、集団になると頭のない怪物だ」

チャップリンが劇中で口にしたその台詞を思い浮かべながら、作家は家族を守ろうとするが、黒い服の集団に襲われ、自らもその暗い色に溶け込んでいく。

いつもそこで目を覚ます。

「なあ」作家は、妻に声をかけた。「『おまえの小説を書き直さなければ、大地震が起きる』と言われたら、どうする？」

「わたしは小説なんて書かないわ。書きたいと思ったこともない」

「たとえば、の話だ。不気味な圧力に、君はどうする」

「どうだろうね。あなたの書く小説が、大地震に影響するとはわたしには思えないよ」

「私の小説があまりに面白くて、読者が感激に打ち震えて、その結果、大地が震えるようなことはないだろうか」作家は苦笑しながら、言う。

「作家の影響力なんて高が知れているでしょ。それより、父親としての影響力を発揮して欲しいんだけど」

「どういうことだ」

「いいかげん、ゲームをやめるように、子供たちをどうにかして」

作家は了解し、居間のソファで携帯ゲーム機をいじくる子供たちに近づき、「お父さんの友達に、次郎君というのがいたんだがな」とはじめる。

子供たちが不安げに眼差しを向けてくる。

「次郎はテレビゲームばっかりやっていて、大変なことになったんだ」

パパ、次郎君を助けてあげて、と子供たちが訴えてくる。

D

新宿の駅前、ある居酒屋で、男が女にとうとうと述べる。ほら、この間のPKだけれど、あの裏話を知っているか、と。

「PK?」

「半年前のワールドカップ予選で日本代表の小津が最後の最後でPKを決めた時の話。知らないわけないよね」

グラスに入ったカクテルはほとんどなくなっている。酔いが進み、舌が空回りするが、男はとっておきの話を披露するかのように、「あの時、小津がどうしてPKを決められたか、その謎についての話だ」と微笑んだ。

「ああ、そっちのPKね」

「そっち以外にあるのか」

「念力のことをPKって言うじゃない」

「知らない」

「最近、噂の超能力者の話知ってる?」女は、男の話の腰を折っても、気にする様子もない。「予知能力を持った殺人鬼」

「何だよ、それは。ＳＦ？　映画？」

「殺人犯がいるとするでしょ」

「どこに」男は左右を見渡す。

「どこかに、だよ。どこかで誰かを殺す人。でね、その犯人が殺人を犯すのを、事前に予知しちゃう人がいるんだって」

「ややこしいな」

「殺人が起きる前に、その殺人犯を殺しちゃうの」

「殺人を防止するために、殺人を犯す、って何だか妙だなあ」

「でも、その人が殺してるのは、悪い奴ばっかりなんだからさ、正義の味方と言えなくもないでしょ。なのに、傍目から見れば、ただの連続殺人犯にしか見えないわけ。まだ事件が起きる前なんだからね」

「怖いなあ」

「怖くないよ。自分が悪人じゃなければ、狙われないんだから」

「そういう意味じゃなくて。だって、そいつは、相手が実際に殺人を犯す前に、成敗しているんだろ」

「そうだよ。事前に阻止しているんだから」

「ということは、実際に、殺人が起きる予定だったかどうかは分からないじゃないか。起きる前に、止めてるんだから。だとすると、悪くもない人間を殺害している可能性もあるかもしれない。いや、そうじゃなくても、『俺は無実の人間をやっつけているんじゃないか』と気にしはじめたら、これはかなり怖いよ。俺なら怖くて、できない」

「そこはほら、予知能力があるんだから」

「予知能力をどこまで信じていいのか、悩みはじめたら、恐ろしいよ。予知じゃなくて、ただの自分の妄想かもしれないんだし。それに、どんな名目があろうと、人殺しはやっぱり絶対に、駄目だろう。やっちゃいけない」

「相手がどんなに悪くても？」

「そりゃそうだよ。そんな恐ろしい考えを突き進めていくと、ほら、辿り着くのは、恐ろしい虐殺だ」

「虐殺ではなくて、逆のパターンもあるかもね」

「逆のパターン？　逆虐殺？」

「大勢を無闇に殺害するのが虐殺でしょ。それとは反対に、たった一人を、みんなのために殺害するの」

「どういう状況なんだ、それは」

「あなたが死んだら、世界中が助かります、と言われたら、どうする？　その勇気ある？」

男は腕を組み、うーん、と長い間、考えたが、「無理だよ」ときっぱりと言い切った。少しぶっきらぼうな口調であったため、女は話題が変わってしまったから男の機嫌を損ねたのかしら、と気づき、「でも、サッカーのＰＫって普通は、蹴るほうが有利なんでしょ？」と話を戻した。

「ああ、ＰＫの話だったね」

「入って当たり前だったんじゃないの。わたし、サッカーには詳しくないけど、小津君が凄い選手なのは知ってるし。謎も何もないでしょ」

「まあ、そうなんだけれど、あの試合の小津は少し変だった。後半のあのロスタイムまで、活躍しないどころかミスばかりして、ウィルス性の風邪でもひいているのでは、と解説者に言われたくらいだった。でも、ロスタイムでびっくりするプレイを見せた。敢然とドリブルで敵地に飛び込み、キーパーすら抜いて、ペナルティエリア内で相手の反則をもらった。あれはもう、神の技だった。神様のドリブルだ」

「神様ってドリブルするの？」

「譬《たと》えだよ、譬え。そして、ＰＫだ。あの小津の表情は、中継のカメラでよく見えた。あの後、何回も、何百回も、繰り返し放送された場面だから、君も見たと思うけれど」

「見てないけど」

「見るべきだね」

「絶対に見ない、と今まさに決心したよ」

「とにかくあの時の小津がＰＫを前に深刻な顔をしていたんだ」

男はそこで、そうする必要があるとは思えないのだが、ＰＫを蹴る直前の、画面越しに見た小津選手の顔つきを、思いの丈をぶつけるかのような真剣さで表現した。曰く、あれは自らの信念を曲げ、魂を売り渡そうとする男の顔だった。曰く、たとえて言うのなら、自分の家の屋根裏に隠れていた少女を、追っ手へ引き渡すべきかどうか、深刻に思い悩む形相だった。自分の命と、別の巨大な悲劇を天秤にかけているかのような、そうだ先ほどの話で言えば、「世界のために、自分は死ねるのか」と自問するような面持ちだった。

「そして、その暗い顔つきの小津に宇野が近づいた。あの時、宇野は何と言ったのか。小津は何と言ったのか、それこそがあのPKの謎だ」

「そりゃ、励ましたんでしょ。『頑張れよ』とか。『リラックスしろよ』とか。で、小津君は、『任せておけ』とか言ったんじゃない」

「今、一番、まことしやかに流れているのはこんな説なんだけど」

あの日、小津選手の一人息子、小学校一年生の息子は自宅にいなかった。見知らぬ集団の手により、親から離れた場所に閉じ込められ、自由を奪われていた。親である小津と小津の妻が、心配と怒りのため半狂乱となっていたのは言うまでもない。彼らは警察に相談することもできなかった。「警察に届け出たら、息子の命はないと思え」なる常套句《じょうとうく》を真に受けたためでもあるし、一方で、その犯人たちの要求が金銭ではなく、「アジア予選の最終戦で点を取れ」という、異質なものだったからだ。つまり、この犯行グループはもしかすると、極端ではあるものの、サッカーの日本代表を応援する熱狂的なサポーターに過ぎず、期待通りに小津がゴールを決めれば、何事もなかったように息子は解放されるのではないか、とそう思ったのだ。

「小津はさ、予選のはじまる少し前に、二週間くらい雲隠れしていたんだ。監督と揉めて、宇野と一緒に自主トレをしていたとか、敵チームの視察に行っていたとか言われているけど、本当は誘拐事件のことでまいっちゃっていたんじゃないかな」

「警察には？」

「届けなかったのかもしれない。ワールドカップ予選前で、子供が誘拐されたとしたら、判断能力を失っていたに決まっている」と言っている男のほうこそ、酒の力により判断能力を失っていた。この場で、彼がやるべきことはサッカーにまつわる噂話を自慢げに語ることではなく、女がいつも身につけている指輪がその日に限って見当らないことに言及し、彼女が最近、交際中の男と別れたばかりであることを聞き出し、空席となった恋人の座にいずれ自分がつきたいことをそれとなく仄《ほの》めかすことだったのだが、それに気づく気配はまったくない。

「だからあの時、小津は必死だったんだ。得点を取るために。息子の命が懸かっているのだから、正気ではいられない。あの試合中の不調は、深刻なあまり空回りしていたってわけ。そして最後の最後でＰＫを得た。執念というか、気合いというか、やっぱり才能のある人間はやるべき時にやってくれる」

「で、ゴールを決めなければ子供の命がないから、だから緊張のあまり、あんなに暗い顔をしていたわけ？」

女の察しの良さに、男は満足しながら、強くうなずいた。「そう。でも、宇野が寄ってきて、こう声をかけたわけだ。『小津、安心しろ。子供は解放されたぞ。おまえは自由だ』」

はじめは宇野の言葉の意味が分からなかったものの、少して小津の顔は輝く。息子が無事と知らされ、その場で座り込みたくなるほどの安堵を覚え、少年のように微笑んだ。その笑顔に照明があたり、光が増す。

「無理があるよ、その話には」女は途端に、法廷で異議を申し立てる弁護士さながらの、はっきりとした声を出す。発言してもいいですか、と挙手する生徒を真似て、手を小さく挙げた。「宇野選手はどうして、その子供のことを知っていたの？　誘拐されていたこととか、子供が解放されていたこととか」

「宇野も、誘拐犯の一員、もしくは連絡係としての仕事を担当していた」

「え、そうなの？」女がはじめて興味を抱いたので、男は少し気分が良くなる。

ほら、今こそ、女の見せた手に指輪がないことに気づくべきだ。が、男は気づかない。

「そういう説もあるってこと。宇野が死んじゃった今となっては、真相は分からないままだけれど」

「あれ、宇野さんって亡くなったんだっけ」女は急に、宇野を、「さん」付けで呼ぶ。

男は鼻の穴を膨らませ、説明を加える。ワールドカップ予選で、小津がＰＫを決めたその日から二ヵ月後、宇野は自宅近くの裏道で、常習的に覚醒剤を使用していた男に襲われ、死亡した。

「それもまた、誘拐グループが暗躍したとか、そういう話ではないよね」

「さすがに、偶然だと思うけれど」

「でもさ、小津君と宇野さんってもともと小学校の時からの同級生だったんでしょ。二人とも苛められっ子だったたって、何かで読んだよ」

男もその記事には目を通した記憶があった。学校のサッカー部に所属していたものの、上級生たちから嫌がらせを受けることも多く、まだ体も小さかったことから、身体的な攻撃を受けると防戦一方で、二人でよくクラブ活動を休み、怯えるように家に帰った。「それがある時、変わった」と小津は記事中で告白していた。「ある時、その瞬間に、俺たちはもっと本気で立ち向かわなくてはいけないんだ、と気づいた。その時に、決定的に」

「じゃあさ、あの時のPKも、単に、幼馴染みの宇野さんが、『苛められてた時に比べれば、マシだろ』とか声をかけたんじゃないの。で、小津選手がそれを聞いて、リラックスしたとか」

「実際、そういう説もあるんだ」男は答えると急速にアルコールが頭を侵しはじめたらしく、がくんとうな垂れ、呂律《ろれつ》が回らなくなる。

「わたしが、あなたの鈍感さにもう愛想を尽かしはじめている、という説もある」指輪のない指を撫でる女の声が、男には聞こえていない。

C

かかってきた携帯電話に出て、二言三言応対した後で、秘書官は、「次のブリーフィング、延期となりました」とあっさりとした様子で、言った。「担当課長が急性盲腸炎で病院に運ばれたそうです」

「急性盲腸炎？」大臣は驚き、少し声を高くする。打ち合わせが終わり、庁舎に戻る車内だ。「そんなことがあるのか」

「急性盲腸炎は存在しますよ」

「そういう意味ではない」

「あったから、連絡が来たのでしょう」

なるほどそうだな、と答えたものの、大臣は圧迫感を覚え、胃に痛みを感じる。

「これも何らかの、表現だろうか」と口に出した。

「表現？」秘書官が聞き返してくる。

「砕けた言い方をすれば、嫌がらせ、だ」

盲腸炎になったその担当課長は、大臣とは馬が合い、これからの仕事でお互いに信頼関係を築いていける、と感じていたところがあった。それが、有無を言わせぬ力により、断ち切られたようにも感じる。このタイミングで彼が盲腸炎に？　たまたま？秘書官の表情を観察する。君はどうなのだ、と問い質したい。君は、私を監視しているわけではないのか。

片側二車線の広い道路に出たため、車は加速する。が、すぐに赤信号で停車した。横断歩道を行く人の流れをじっと見つめる。再び発進した後で、座席に背をつけ、窓から外を眺めた。建設中の高層ビルが視界を通り過ぎていく。頂に載った巨大なクレーンは、自分たちの車が走る道路という道路を、地面という地面を、めりめりと引き剝がすかのような迫力を備えている。「工事中のビルには夢がある」

「何か言いましたか」秘書官が敏感にその声を拾った。

「ああいう大きい建築物を作っていると、ほっとするんだ。工事をしているということは、未来があるような、そんな気がするじゃないか」

「工事が途中で止まることも、ままありますが」

「私の父親がよく言っていたんだ」

「次郎君の話ですか」秘書官が言う。

「未来の話だ。子供の私たちに、未来はこんなことになるぞ、と話をしてくれた。空を飛ぶ車や、一家に一台のロボット、カプセルに入ればたちまちに病気を診断してくれる医療器具」

「漫画の世界ですね」

「立体の、ポルノ映画が一般的に公開される、という未来予想もあったな。あれは、父の願望だろう」大臣は笑う。「とにかく、未来はすごいことになるぞ、とそればかり聞かされた」

「夢想家だったんでしょうか」

「能天気なだけだと思っていたんだが、最近になって、私も分かってきた。たとえば、未来は素晴らしい、と子供に教えるのと、未来は暗い、と正直に教えるのとではどちらがいいのか」

「未来が明るい、と断定するのも無責任かもしれません」

「もしこれが、明日の天気の話であれば、無責任かもしれない。天気は、人が何を考えようと、何をしようと変わらないからだ。明日の天気のことは正確に伝えて、その準備をする必要がある。ただ、未来は違う。未来の状態を作るのは、人だ。もっと言えば、人の感情だろう。未来が明るくなるのか、暗くなるのかは、まだ今の時点では決まっていないんだ。様々な人間の感情が積み重なって、世の中の方向性は変わってくる。となれば」

「嘘でもいいから、明るい話をすべきだってことですか」

「未来になったらロボットが飛んでる、と言われるのと、核戦争が起きている、と言われるのであれば、どちらが良かった？」と大臣が、秘書官に訊ねた。

「ロボットが飛んでるのも、ちょっと怖いですね。軍事用のロボットかもしれません」秘書官が言うので、大臣は笑った。「君は何から何まで、私の発言にケチをつけてくる」

そういうつもりはありません。秘書官はぶっきらぼうに答えた。

車内は少しの間、無言となり静まる。運転手がハンドルを回転させ、秘書官はひたすらに電子パッドを操作する。大臣は窓から外を眺める。

「子供の頃の私はやっぱり楽しみだったよ。二十年後や三十年後が。期待していたし、わくわくしていた。今の子供たちはどうなんだろう」

「どう、と言いますと」

「二十年後のことを考えた時、わくわくしているのか？」

少ししてから秘書官が、「小津選手のPKについてですが」と言った。「今のところの調査結果について、お聞きになりますか」

「分かったのか」

「あの時、小津選手に近づいてきた宇野選手が何を言ったのか、そのことにはたくさんの仮説があります。宇野選手は、明らかに小津選手に話しかけていましたが、終始、俯き気味で、口元がはっきりとは見えません」

大臣も、その映像は何度も観た。照明で照らされる大舞台、ロスタイムの中、青いユニフォームの宇野が顔をしかめ、それは笑いを堪えるようにも、苦痛に耐えるようにも見える歪みなのだが、顔を下にし、芝を踏むスパイクを見下ろしながら何かを喋っている。観客席に顔を向け、少し指差し、口が動くが、それもほんの一瞬だ。

「宇野は確かに何かを喋った。が、顔は見えない。だからこそ、さまざまな憶測が飛び交った。説得力のあるものから、突拍子もないものまで。小津の息子が誘拐され、脅迫されていた、という噂は、その突飛な説の代表格だ。あのPKの裏には犯罪が隠されていた、なんてみんなが喜びそうな噂だ」

大臣は、何度も見返した録画映像のことを思い出す。

藍色の布を貼り付けたかのような空のもとで、楕円形をしたスタジアムに照明が煌々と灯る。そのライトの明るさの中で、小津の笑顔はひときわ眩しい、燦然《さんぜん》たるものだった。目尻に皺ができ、少年が親に誉められたかのような、それこそ生涯はじめてのゴールを決めた直後のような、素朴な笑みを浮かべた。一方の宇野は、その小津の顔つきを見て微笑むが、すぐに背中を向け、その場を離れる。

「もっと、世間一般にありふれていて品がない説もあります」秘書官が続けて話したのは、小津選手の不倫に関する噂だった。

小津はその頃、同僚のサッカー選手の妻と不倫関係にあった、という説だ。

はじめは刺激を求めた遊び半分で、それ故に警戒しながらだったが、次第にお互いに恋愛感情が芽生え出すと隙が生まれ、相手の夫、つまり宇野に見つかった。小津は、宇野の怒りに対する恐怖と、裏切りに対する罪悪感に苛まれ、だから試合中もたびたび、集中力を欠いた。が、あのPKの直前、宇野はこう声をかけた。「これを決めたら、妻とのことはちゃらにしてやるよ」

「不倫の罪を帳消しにされた時の顔はたぶん、あんなに爽やかな笑みではないように思うんだ」大臣はその、小津不倫説を一笑に付した。「不倫の事実はあったのか」

「当時、夫婦仲が悪かったのは事実のようですが、宇野選手の妻と不倫関係にあったという話は、噂に過ぎません。今回、調べたところ、その数年前に、別の女性とは不貞行為がありました。とはいえ、そのことについては誰も知りません」

誰も知らない情報を調べ出した秘書官に、大臣は感心する。当然というべきか、秘書官は喜びもはにかみも見せない。

「本当に、小津が浮気をしていた事実があるのか」

「情報があります」

大臣の念頭にあったのは、幹事長の言葉だった。「言う通りに偽証しなければ、君の破廉恥な行動が公表される」と断言し、「世間が事実だと思ったことが事実なんだ」と言った。不倫をしていなかったとしても、不倫をしていた情報さえあれば、事実となる。

今回の内密の調査依頼のために、秘書官は、複数の民間機関を利用した。

十年前の出来事を調べるためには、小規模の興信所はそれほど役に立たず、スポーツジャーナリストや、芸能界の裏話が好きなライターなどのほうが収集できる情報が豊かだった、と言う。調査の依頼元が大臣であることを隠すために、依頼経路を若干、複雑にしたこともあり、通常の調査以上に時間はかかっていた。

「小津選手が今も生きているのなら、直接、質問でき、調査も簡単だったんですが」

その通りではあるが、小津が生きていたとして、果たして、正直に答えてくれたかどうかといえば、大臣には確信は持てなかった。ワールドカップの後、小津は怪我を負い、それが回復した後も調子を戻すことができず、国内リーグの試合に出場できない日々が続き、結局は引退した。コーチのS級ライセンスの取得に挑戦し、資格を得るための課題として、海外のクラブチームに参加しに出かけたのだが、その土地で急に発生したタイフーンに巻き込まれ、死亡した。

赤信号を前に、車は停車する。秘書官が窓から外を見ると、左側には、新築と思しきマンションが何棟か並んでいた。暮れかかった日の赤味が、建物の壁を照らす。

「最終予選開始の半月前に、小津選手と宇野選手が揃って、行方不明になったことはご存知ですか」電子パッドを読み上げるように、秘書官が言った。

「二人で、自主トレをしていた、というあれか」

「一つ、気になる調査報告があります。伊豆にある、古い分譲マンションの住人の証言なんですが」

「伊豆の分譲マンション？」

「その男の父親がマンションの管理人をやっていて、彼は父親から、十年前のある出来事のことをよく聞かされたようです」

部屋の所有者が別の人間に売り渡したり、もしくは、仮住まいとして利用させたりしているため、住人の素性をほとんど管理できていないのが実態だったらしいが、その管理人は十年前のある時期、特定の部屋からの悲鳴や怒声を気にしていたという。犯罪でも行われているのではないか、と怖くなり、何度かチャイムを鳴らしたがそのたび背広姿の男が出てきて、「映画会社の者で、撮影したフィルムの確認をしている」と説明をした。物腰は柔らかく、信用できると思ったが、やはり聞こえてくる物音や人の声は生々しかった。一週間ほどそれは続き、止んだ。

「一週間経って、部屋から男たちが出てきて、マンションから立ち去るのを、管理人は目撃したそうですが、その時の一人に見覚えがあり、頭に引っかかったそうです」

「誰なんだ」

「気づいたのは少し後らしいのです。テレビに映った小津選手を観て、似てる、と」

「小津に似ている？」

「そうです」

「そこでいったい何をしていたんだ」大臣は訊ねる。

「分かりません。今はもう、管理人だった父親も認知症で施設に入っているそうです」

「でまかせかもしれないな」

「もちろん。そして、でまかせではない可能性もあります」

車内がしんとした。

「前から失礼します」と急に声がしたのは、少ししてからだった。いったいどこから響いたのか、とぎょっとしたが、運転席でハンドルを握る男が口を開いたのだと分かる。「以前から大臣に一度、お聞きしたかったんです」

「何のことだろうか」

「あの時、何を考えていらっしゃったのですか。あの、子供を救った時に」

運転手の言葉を受け、秘書官が、「あれはどれくらい前の出来事ですか」と訊ねた。

「私が議員となったばかりの、一年生議員だった時だから、三十になったばかりだろう。今から二十五年以上前だ。何も考えていなかった。とにかく、必死だっただけだ。もっと理性があったら、むしろ、あんなことはしなかったんじゃないかな」

大臣は当時のことを思い出す。二十七年前、消費税導入を巡る議論を展開するにあたり、与党代表が失言をし、その結果、反発の嵐が選挙を荒らし、野党第一党が歴史的な大勝利を収めることとなった。

「子供を救ったあのニュース、よく覚えています」運転手が興奮を浮かべた。「勇気のある行動だと思いました」

大臣は首を傾け、天の位置を探すかのように上を見た。実際にその場で見えるのは、車の天井に過ぎないのだが、大臣の脳裏にははっきりとその日、その瞬間に自分が目にしたものが過《よ》ぎった。

「今から思えば」大臣は半分、意識せずに洩らした。「試されていたのかもしれない」

「何を試されたんですか」秘書官がすぐに質問してきた。

「たとえば」大臣は少し間を空け、考えた後で、「たとえば、勇気の量を」と言う。

「勇気の量を？　誰がどうやって試したというんですか」運転手は混乱していた。

「あれは事故だったのではないですか」

「事故ではある。うまく言えないが」大臣はかぶりを振った。「ただ、人は時折、巨大な何かに、試される時がある。そう思うんだ」

「ちょっとおっしゃっている内容が分からないのですが」

「私だって分かっているわけではない。ただ、人間には選択する瞬間がある。決断の瞬間だ。フォワードが大事な試合で、ペナルティエリアに入り、シュートに行くのかパスをするのか、それも決断の一つだろう。その時、試されるのは、判断力や決断力ではなく、勇気なんだと思う。決断を求められる場面が、人には突然、訪れる。勇気の量を試される」

「誰にですか」秘書官が問いかけてくる。

「さあ」大臣はそこで笑った。「私も分からない。ただ、特定の誰かではないように思う。どこそこに住む誰それさん、と名指しできるものではなく」

「本気で言ってるんですか」

「もしかするとそいつらは」するとそこでまた、運転席の男が口を挟んだ。「どこかの誰かの信念を曲げさせて、それを愉しんでいるのかもしれないですね」

秘密結社のようだ、と大臣は笑い声を立てるが、秘書官はぴくりとも笑わない。

A

自分がグラウンドに倒れたことが、小津は咄嗟《とっさ》には分からなかった。ロスタイムに突入したあたりから、意識がおぼろではあったのだ。一人目のディフェンダーを抜いた自覚はあった。が、次のディフェンダーとゴールキーパーを、重心移動と脚の動きで、振り切ったことは記憶にない。

倒された直後、体が浮かんだ。地面に倒れるまでの時間、小津は子供の頃の場面を思い出していた。

大通りが見えた。中央分離帯のある幅広の車道があり、その脇にはやはり広々とした歩道がある。できたばかりのマンションが道路を挟む壁のように立っており、その脇を小津は歩いていた。背中にはランドセルがあり、横には宇野がいた。小学生の頃の、自分と宇野だ。青褪めた顔をし、半ズボンの尻をさすっている。「小津、もうやめだ。クラブやめよう。もう無理」と早口で言ってくる。

「うん、俺も無理」と小津も同じように尻をこすった。

サッカークラブの練習中に、先輩の二人に蹴られた尻だ。木の枝の尖った部分で尻や太腿に、切り傷を作ったうえで蹴ってきた。靴のつま先が肉に刺さるようで、悲鳴を上げて痛がる小津たちを見て、先輩たちはけたけたと笑った。弱々しい下級生を甚《いた》振《ぶ》るのが好きでたまらない、というその先輩は、教師の前では優等生を演じる処世術も身につけており、当時の小津たちからすれば、弱点なしの悪の魔物に思えた。

「俺も小津も体小さいし、スポーツに向いていないんだよ」と宇野が巾着袋を蹴りながら、言う。尻から滲んだ血がズボンに付着しているのが分かる。

毎日が暗いし、怖いし、つらいな、と小津は思った。沈みかけの日を眺めると胃が痛くなる。また明日が来る、と思うと気持ちが沈んだ。宇野の家庭も、小津家と同じく、父親がおらず、母親の給料だけで生活をしていた。

「貧しい子供たちが、サッカーで成功しよう、なんてちょっとあまりに、単純だったよな」と宇野はよく言った。

「でも、サッカーが楽しいのは事実だ」

それすら失う心細さを二人は感じていた。

歩道の正面から、人が歩いてくるのが見えた。人の群れ、とぼとぼと歩く、生気なしの、集団だ。年齢も背格好も様々、老若男女、主に、中年の女性と高齢者だったが、中には背広姿の男たちもおり、その彼らがぞろぞろとやってくるのだ。

「なんだろうあれ」と宇野がぼんやり言う。「ゾンビみたい」と言ったのは冗談とも思えなかった。誰もが肩を落とし、浮かない表情で、中には不愉快を露わにしている人もいる。揃いの衣類ではないものの、どの服も暗い灰色をしていた。

直後、体に強い衝撃があり、小津の意識はカタールのサッカーグラウンドに、年月からすれば、尻を押さえてべそをかいていた十七年後の今に、戻った。うつ伏せの恰好で、前のめりに倒れている。顔が芝にこすれる。頬の肉がゆがんだ。

背中に歓声が、見えない雪崩のような響きを立て、落ちてくる。

手で芝をつかむようにし、体を起こす。ボールはどこだ、と慌てると、すぐ近くにあった。

ゴールに蹴り込んだのではなかったか。混乱していると、ホイッスルが聞こえた。

スタジアムの歓声がひと際大きく響き、地面を揺する。

B

作家は、そっと二階の子供部屋に入った。夜が深くなり、日付が変わった時間帯だ。六畳の狭い場所にベッドが二つ並び、子供たちはお互いに似たような寝顔を見せていた。掛け布団を蹴り飛ばし、曲芸じみた姿勢をしている。閉じた瞼、そこから見える睫毛、小さく開いた唇、すべてが社会に対してあまりに無防備に見え、その信頼に応えられぬ罪の意識から、胸を抓《つね》られる思いに駆られる。

静かに戸を閉め、廊下に出た。部屋に戻り、原稿を眺める。赤い字で書かれた修正指示が浮き上がり、躍った。

以前観た映画を思い出す。

ドイツ人監督による、ベトナム戦争時代のラオスが舞台の作品で、捕虜にされたアメリカ空軍兵が脱出を計る話だ。その空軍兵は、連行された場所で、敵の兵士から、「母国は誤っている」という書類にサインをするように求められる。が、断固として拒否した。結果、拷問を受ける。

作品は面白く、劇場で二回観たほどであったが、印象に残っているのは、その後で、テレビで流れていた、プロモーションを兼ねたメイキング映像だった。主役がサインを断る場面で、監督がこう説明している音声が聞こえる。「ここで母国を裏切るためのサインを求められる。ほかのみんなはサインしたぞ、と敵からは言われる。ただ、彼は、主義を貫くんだ」と。

そうか、とそれを観た時、作家は思った。この軍人はこの瞬間、主義を試されたのだ。

「ねえ、大丈夫？」部屋に妻が来た。戸を叩くと同時に入ってくるのだから、ノックは形式的なものだったが、腹は立たない。むしろその妻の無神経さが、神経質で小心者の自分を救ってくれることも多い、と二十年近い生活の中で理解していた。近所の婦人の旅行土産だという饅頭《まんじゅう》を手渡してくる。「いつも以上に心配そうな顔をしているけれど」

作家はそこで、自らの不安を話すべきかどうか悩んだ。謎の男による、謎の改稿、謎の圧力について話し、妻に笑い飛ばしてもらいたい、と思いかけた。

「浮気がばれそうなんだ」作家はわざと深刻な表情で言い、誤魔化す。実際、彼は浮気の前科があったから、これは冗談に紛れ込ませた告白に近かった。

妻はあっけらかんと笑った。「じゃあ、心配いらない。わたしも浮気しているから、おあいこね」と言い残し、立ち去る。

作家は、プリントアウトされた自分の原稿と向き合う。指摘がたくさん入ったその改稿案を読み、検討しようとするがすぐに溜め息を吐く。

「今日の打ち合わせで何を言われたの？」

妻の声に顔を上げる。戻ってきたのか、とぼんやり思いながら作家は、ホテルで聞かされた話のことを口に出し、自由を謳歌する蟻と、それを阻害する幼児、その譬え話を喋った。

「蟻と幼児の話なんて、意味が分からないだろ」

饅頭を口に含んだ妻は、あらこの餡子美味しいね、などと言いながら、「いや、何となく分かるわよ」と何事もないかのように言い、作家を驚かせる。

「分かるのか」

「世の中には、逆らえない大きな流れがあるってことじゃないの」

作家は、妻の喋っている意味が分からない。咄嗟に、大きな流れがどこにあるのか、と周囲を見渡す始末だった。

「世の中って、不思議な流れというか、いろんな繋がりで、溢れているじゃない。たとえば、ほら、学校で習った、第一次世界大戦のはじまりって知ってる？」

どうしてここで、そのような百年近くも昔の話が持ち出されるのか、と作家は訝りつつも、「オーストリアの皇太子夫妻が、サラエボで、青年に暗殺されたんだ」と答えた。学校の世界史の授業で習った、と。

「わたしね、それを教えてもらった時、そんな、たった一つの殺人事件が、世界大戦に繋がるなんて、って怖くなったんだけど」

「私もそうだった」

「でね、あなたの部屋にある本を前に読んだら」と妻は部屋の中をうろうろしはじめ、奥の棚から、Ａ・Ｊ・Ｐ・テイラーの『戦争はなぜ起こるか』を引っ張り出した。妻はそれをめくる。「あのね、オーストリアの皇太子夫妻がやってきた時に、サラエボでは反発する人たちがたくさんいたんだって。オーストリアに併合された不満で。だから、反発グループが事件を起こしたんだけど、実はその日、五人が失敗してるみたいなんだよね」

「五人が？」

「一人目と二人目は銃が取り出せなくて、三人目は皇太子の奥さんが可哀想になったんだって。四人目は逃げちゃった。五人目は爆弾を投げたけど失敗。で、その失敗を知った六人目はがっかりしちゃって、喫茶店に入ったの」

「三匹の子豚の話みたいだな。一匹目は藁のおうちを、二匹目は木のおうちを」

「一方の皇太子は爆弾騒ぎに怒って、ここにはいたくない、って立ち去ろうとして」

「私が彼でもそうしたね。逃げ出すよ」

「でもね、そうしたらさっきの、喫茶店で落ち込んでいた六人目が、逃げる皇太子を見つけちゃったわけ」

「偶然というか、なんというか」

「不思議でしょ。いろんな偶然や流れがあって、それで、皇太子夫妻は殺害されて、世界は戦争に巻き込まれていくの」

「一匹目の子豚が成功してても、戦争は起きていたと思うけど」

「そうなんだけど、ただ個人の力を越えた、大きな力が物事を動かしているような気がしちゃうんだよね」

「運命とかそういう話かい」

「運命よりももっと、ごちゃごちゃしたものだよ。世の中で起きている、『原因と結果』って本当に不可解でしょ。そのたった一つの殺人事件が、一千万人の死者を出す世界大戦と結びつくんだよ」

作家はそこで、第一次世界大戦がスペイン風邪を蔓延させる要因となったことを思い出す。そこまで広げれば、つまり皇太子暗殺が、スペイン風邪の流行にまで繋がったことになるわけで、さらに言えば、しょんぼりして喫茶店に入ろうとした気紛れが、莫大な人間の人生に影響を与えたことになる。

「うまく言えないけど、そういう連なりが世の中を動かしていくのかもしれないよ。小さな変化の積み重ねが、まったく予想しない、世界の変化に繋がるの。で、いろんな人がいろんな場面で、何か命令を受けていたりして」

「君はよく分からないことを、当然のように喋る」いつもの妻とは違う、と作家は気づいた。これは妙だとようやく察する。

「そう考えれば気楽でしょ」妻は穏やかに目を細めた。「人間が、ある時、何かを試されたとしても、それは、あなたがくよくよ考えてもどうにもならない大きな力の作用に過ぎないの。そう思ったら楽じゃない。並んだドミノの一つが抵抗しても、倒れる時は倒れるし」

「じゃあ、私はどうすればいいんだ。大きな力が、私たちを動かしているのだとしたら、私の意志や決断に意味があるのか」

「簡単だよ。何をしても、大きな影響がないんだったら」

「だったら？」

「子供たちに自慢できるほうを選べばいいんだから」

作家は、「そんなものなのか？」と言い返したが、そこで、妻がいないことに気づく。

ドアは閉まっていた。室内は静まり返っている。「浮気」云々の話をし、妻が去ったところまでは現実だったが、それ以降は、幻として立ち上がってきた妻の影と喋っていただけなのだ、と分かり、一人赤面した。

作家は自らの手にテイラーの本を載せていた。そもそも、活字を読むのが苦手な妻が、自分の部屋の書棚を漁るわけがないのだ。

机の上の改稿案に目を通す。ホテルのラウンジでざっと見た限りでは、その修正指示がどういった方針によってなされているのか分からなかったのだが、改めて細かく読むと、その改稿により作品の持つ色合いが変わることに気づいた。

受話器をつかみ、担当編集者に電話をかける。

相手はすぐに出た。

「先ほどの改稿の件だけれど、今、読み直していたんだ」

担当編集者は、「ちょっと待ってください」と言い、直後、「どうされましたか」と別の声が聞こえてくる。あのラウンジで会った、背広姿の男に違いなかった。どうしてまだ担当編集者の横にいるのか。男が編集者に付き切りだったことに驚かざるを得ない。恋人同士というわけではあるまい。ためらった後、用件を口にする。改稿案に逆らうつもりはなかったが、このまま直すと小説の内容が薄っぺらくなる、そう伝えた。

「薄っぺらく、とはどういう風にですか」

「物語の中から暗い部分が消えて、すべてが綺麗事にしか読めなくなる」

「綺麗ならいいではないですか」男は冷たく言い返す。

「私の読者はおそらく、がっかりするだろう」

「そうでしょうか。問題はないかと思いますよ。より良い作品になるはずです」

「受け容れがたいです」

「受け容れがたいことを、受け容れていただくことになります」男は断定した。「大変なことになります」

その瞬間、作家の頭を過ぎったのは、またしても第一次世界大戦のことだ。五匹の子豚が失敗し、六匹目の子豚が、皇太子夫妻を殺害した。その結果、世界大戦が起きた。が、逆の発想も可能だ。五匹の子豚が指示に従わなかったがために、「大変なこと」が起きたのではないか。第一次世界大戦は、充分に、「大変なこと」に該当する。

電話はいつの間にか切れていた。

机に広げた原稿を前に、じっと身動きもせず、睨みつける。

「彼は、主義を貫くんだ」

あの、戦争映画における監督のコメントがまた頭を過ぎる。

自分だけではなく、ありとあらゆる人間が、ある日突然に、主義や信念を試されるのではないか。誘惑や脅しにより、試される瞬間があるのではないか。世に頻発する不倫や汚職はその分かりやすい形かもしれない。

試され、主義を曲げる。

誰かが諦め、妥協し、挫けるたびに、澱《おり》のようなものが溜まっていく。そういった光景を思う。誰かの捨てた信念は、不気味な鴉《からす》の羽となり、地面にひらひらと落ちる。あちらこちらでそれが積もっていく。黒い羽が次々と重なるにつれ、景色は薄暗くなる。その量が増えることで、明るかった未来が、照明の摘みを左へ回転させられるかのように、影に包まれていく。

一方で、反対のことも想像する。

誰かが主義を曲げなかったがために、一人の意地や自己満足のために、大勢の人間に災難が起きる。そういったこともあるのではないか。

朝になり、食卓へ行くと家族は全員起きていた。

作家は、朝食のテーブルで、まだ眠そうにしている子供たちに、未来に登場するだろう空飛ぶ自家用車の話を、語る。子供たちは目を輝かせる。そして、空飛ぶ車が雲に入ったら、ワイパーが効くのかどうか真顔で気にする子供を眺め、作家は目を細める。

E

昔ながらの小さな住宅や店舗をすべて取り壊し、再開発が行われた地域だった。片側二車線の車道と並行し、御影石で整えられた歩道が続いており、そこを彼は歩いていた。植え込みのツツジには花がつき、通り沿いには新築のマンションが並んでいる。

彼は、若手議員を対象とした勉強会に参加した後、その足で、実家の庭整備の件を相談するために、弟の住むマンションまで行く予定だった。

当選して半年が経ったとはいえ、依然として議員となった実感はない。新人議員に擦り寄ってくる人間、新人議員だからこそ標的にしようとするマスコミ関係者、支持者の声や、声ともいえぬ牽制が、自分を取り囲み、実感が湧くより以前に、渦に巻き込まれている感覚だった。

勉強会が終わった後、帰り支度をはじめる議員の中で一人、彼に接近してきた男がいた。「君のお父さんのファンだったんだ」と、まるで自分が左派野党からのスパイだと告白するかのような囁き声で、打ち明けてきた。

何とそうでしたか、と彼は驚いたふりをする。作家であった父の読者に、思いもしない場所で遭遇することは、子供の頃からしばしばあったから、特別に珍しくもなかったが、同じ党内の議員から言われたのは初めてであったため、気恥ずかしさを覚えた。

「亡くなる直前まで、小説を書いていたんだってね」

「単にそれしかやることがなかったんだと思います」

父親が癌で亡くなったのは、彼が中学生となるかならないかといった頃だった。入院した病院のベッドに横たわり、「これくらいで済むのなら良かった」と微笑んでいたのはよく覚えている。すでに癌のことは医師より報告を受けていたにもかかわらず、「これくらいで」と言い切る理由が理解できなかった。

「大地震とか大洪水が起きるのが心配だったんだ」ベッドの上で体力が落ち始めた頃、父は言ったことがある。「私のせいで起きるんじゃないかと」

今から思えばちょうどその頃、東南アジアの広範囲で大きな地震が起き、その甚大な被害について話題になっていたのだが、わざわざ病床の父に伝えることでもないと話題にも出さなかった。

父親は結局、それから入退院を繰り返し、一年も経たないうちに世を去った。

先輩議員は熱血の口調で、今の政治をどうにかしないとこの国はおしまいだ、と語り始めた。この国は、今こそ好景気だけれど、それは一時的なものなんだ。ボールを投げたら、放物線を描いて落ちてくるだろう。まさにその落下の運動を、僕たちは生きていくことになる。地面に着地する直前まで、僕たち国民は、「落ちた」とは分からない。政治家にしたところで、「今は、落下している途中ではない」と現実から目を逸らそうとするだろう。残念だけれど、ボールが再び高く上がるためには、バウンドしなくちゃ無理だ。

「どういうことです？」

「一度、地面に落ちてからじゃないと上がらない」

先輩議員は自らの話に高揚し、唇の端には、蟹のようにぶくぶくと泡が浮かぶので、それをじっと見た。


集団を見かけたのは、広い歩道を歩いている途中だった。数十人の人だかりが、脇の道から合流してきたのだ。年齢も性別も服装もばらばらの彼らは、共通の仕事をしているようには見えない。抗議運動でもした帰りだろうか。それにしては、主張や要求を記したもの、たとえばプラカードもなければ、旗もなかった。その集団にぶつからぬように、と彼はマンション寄りの、歩道の端に移動した。

集団を追い抜きながら、彼は観察する。

彼らの顔にはいちように疲労の翳《かげ》りが見えていた。萎《しお》れた植物が行進している雰囲気もある。ユニフォームのように揃いの服ではなく、異なった服を身につけているのだが、光の加減が影響しているのか、すべてが鉛のように、沈んだ色だった。彼ら一人一人が、増殖していく黴《かび》のようでもあった。

脇を通り抜けた彼はさらに足を速くする。その集団から少しでも早く離れたかった。

後ろから、じめじめとしたものが、それは、不安や恐怖や悪意の湿り気のように思われたが、地面を這い、周りを黒く汚染し、自分にも襲い掛かってくるように思えてならない。

「臆病は伝染する」父が時折、口にした言葉が頭を過ぎった。もともとは、心理学者が口にした言葉のはずだ。父は、よくそう言っては物事を憂えた。

後ろから来る集団はまさに、その、「臆病」の塊にも感じられ、距離を取らねば、伝染するように思えてならない。

マンションの前を通る。ふと視線を上げた。幼児が落下してきたのは、その時だ。

C

そろそろ着きます。運転手がハンドルを回しながら、快活な声を出した。交差点を左折し、直線道路を進行していく。小さな十字路で信号が赤となり、公用車は停まる。窓の外のビルには大きなディスプレイが設置されており、ダイエット食品の広告が表示されている。「あなたの今までのやり方よりも、もっと簡単で、もっと効果的な」とあった。車内に、携帯電話の音が鳴った。大臣ははじめ、自分の携帯電話に着信があったのかと思うが、それとほぼ同時に、秘書官が、「私のです」と答えた。「出てもよろしいですか」

大臣がうなずくと、秘書官は電話の受話ボタンを押す。相槌のようなものをいくつか返すと、すぐに切った。

「当時の新聞記事を虱潰《しらみつぶ》しに調べるよう、依頼した相手からです」

「何か分かったのか」

「十年前のあの時、ワールドカップ予選の試合が行われていた日に、都内で男性が殺害されていたことが判明したそうです」

大臣は眉根を寄せる。人の死が登場してくるとは予想していなかったからだ。「殺人事件は日々起きているだろう」

「それが、小津選手と宇野選手の小学校時代の上級生だというんです。サッカー部の先輩です」

大臣は思わぬ角度から脇を突かれた思いだった。考えがすぐにはまとまらない。

「小津たちをいたぶっていた先輩の一人か」

「車の事故で、即死でした。轢いた加害者は見つかりません。十年経った今もです」

「それが何か関係しているのだろうか」

大臣は言葉を探す。頭の中に、小津や宇野を浮かべ、顔も知らぬその先輩を並べる。三人の関係性を想像してみるが、すっきりとした構図は思いつかない。

「さらにもう一つ判明したことがあります。その先輩は非合法なことに関与していたらしく」秘書官は相変わらず、血の通わない機械じみた言い方だ。

「非合法なこととは、たとえば、ドラッグの売買であるとか？」大臣は頭に浮かんだことを、そのまま口に出した。

「スポーツ賭博です」秘書官が答える。

その瞬間、大臣の頭に浮かんだのは次のような光景だった。

藍色の幕を張ったかのような夜の空に、明るく輝く照明と、緑の海さながらのグラウンド、芝に置かれたゴール、赤いユニフォームを着たゴールキーパー、その正面に立つ青いユニフォームの選手、小津だ。ファウルにより倒れ、立ち上がったところだ。呼吸を整え、置かれたボールに眼差しを向けた後で、ゴールキーパーを見つめる。

宇野が近寄り、「小津」と声をかけた。

「悪いな」と小津は反射的に答える。

「どうして謝るんだよ」

「賭けからすると、今日は負けなきゃならなかった。それなのに、思わずシュートを決めそうになった」ボールを受けた瞬間、反射的にドリブルをはじめていた。禁欲に耐え切れず、感情を爆発させるかのように、後先考えずにゴールに向かっていた。負けなさい、と指示されていたにもかかわらず、だ。

「いや、小津、大丈夫だぞ」宇野が平たい顔をさらに平べったくした。

小津は顔をはっと上げる。「大丈夫とは」

「先輩の件は片がついた」宇野は短く、言う。顔を合わせるのが怖いのか、自らのスパイクを見下ろしている。「スタンドの観客席の合図が見えた。約束どおりだ。白い服の男が並んでいる。あれは、俺たちは解放された、というサインだ」

小津は、その言葉の意味を察する。スタンドに目をやる。「じゃあ」と、幼馴染みである宇野に確認した。「あとは、自由に蹴ればいいのか」

宇野が首肯するのを見て、小津は小さく微笑み、肩から力を抜く。

大臣は鼻に触れながら、「つまり、小津たちはサッカー賭博に関係していた、というのか」と苦々しい口調で言った。

「まだ分かりませんが、情報からそう推測することも可能です」

「何でまた」

「今、当時の小津選手、宇野選手の取引銀行における入出金の情報を調べているところのようです」秘書官はこともなげに言うが、果たしてそのような情報が簡単に手に入るものなのか、と大臣には理解ができない。

「小津選手や宇野選手は貧しい少年時代を過ごしました。そのために、金銭が絡む事柄については貪欲だった、と言われています」

「言われているのか」

「小津選手についてのノンフィクションをひもとけば、たいがいそういう話題です」

秘書官は、昆虫の生態を述べるかのように、他人の人生を話す。「お聞きしたいのですが、実際のところ、大臣はどうしてあのPKにこだわっているんですか。十年も経った今、わざわざ真相を調べようとするのはどういうことで」

「もともと興味があった」大臣は答える。「ただそれ以上に、あの試合での小津には何か信念のようなものがあったのではないか、と気になったんだ」言いながら大臣は自分の思惑を悟る。「私は、あの時の、小津が試された勇気のことを知りたかったのかもしれない」

「なぜですか」

「今、私に必要なものがそれだからだ」勇気は、勇気を持った人間からしか教わることができないからだ。

まさか真相が賭博の話に繋がるとは思いもしなかった、と大臣は肩をすくめる。

「知らないほうが良かった、ということもあるな」

A

グラウンドが海に感じられた。自分の踏む緑の芝がゆらっと揺らぎ、海面に立っている感覚になる。ＰＫに臨まなくてはならないにもかかわらず、足が踏ん張れない。遠近感が狂っているのか、前方にあるはずの白いゴールが、自分を跨ぎ、真上に立っているようにも見える。ゴールの向こう側に並ぶ観客の顔は、それぞれの人生を備えた実体というよりは、感情のない、ただの書割だった。

ゴール前には、赤い男がいた。手を叩き、腕を広げ、右へ左へとちょこまかと飛び跳ねている。ゴールキーパーだ、と遅れて気づく。脇の主審が何か言ってきたが、小津には聞こえない。照明の作る人影が動き、目を開けると宇野がいた。

「何考えているんだよ」小学生の頃の面影を残した、けれど、あの時には生えていなかった髭を伸ばした宇野は、小津にそう声をかけた。「すげえドリブルだったな」

「必死だった」小津はぼそぼそと答える。あのドリブルの後で得点を決めなくてはならなかった。どうして転んでしまったのか、と悔やむがどうにもならない。

「ずいぶん青白いぞ。顔が」宇野はすぐそばにはいるものの俯き気味で、芝の感触をスパイクで確かめるのに神経を尖らせているような、気もそぞろの様子だった。

「怖いんだ」小津もやはり下を向いた。恥ずかしがりの二人が、俯いて、愛を語り合うような体勢だった。「脅されたんだ」と正直に打ち明けようとも思ったが、できない。あれが脅しであるのか、命令であるのか、ただの相談であるのか、それすらも理解できていなかった。

「PKのチャンスが訪れたら、外してください」

最初に男が現われたのは数ヵ月も前だった。海外遠征中のホテル、その宿泊中のホテルに突然、現われた。日本のサッカー協会に携わる関係者から紹介を受けた、という彼は高級な背広を着て、礼儀正しく、趣旨のはっきりしない契約書をたくさん抱えていた。「ワールドカップアジア予選の最終戦で、もし、PKのチャンスが訪れたら、決めないでください」

「決める、の間違いではなくて?」

「決めないでください。失敗してほしいのです」

小津は笑うほかなかった。「なぜ、PKを失敗しなくちゃいけないんだ」冗談にしては縁起が悪く、不謹慎にも感じられた。それ以降、男は何度か、小津の前に現われた。

当然ながら、頭に浮かんだのは、八百長の依頼、との疑念だった。が、男はそれを否定した。「負けろ、とお願いしているのではありません。ドリブルからシュートを放ち、点数を取ることは問題ありません。パスを繋いで誰かがゴールを決めたりする分には、こちらは気に留めません。勝利し、みなで喜び合うことも自由にできます」許可なくしては喜ぶこともままならないような言い方に聞こえ、小津は少し当惑した。

「こちらが言っているのは、PKのことだけです」

「わざと外すことなんてできると思うのか」

「力んで枠外に飛ぶことはいくらでもあります。ワールドカップを観てください。天才的なプレイヤーが外した例は、過去にいくらでもありますよ」「負けるわけにはいかないんだ」「勝ってくれて構いません。負けろ、とお願いしているわけではないんです。PKが来たら、外してくれればいいんです」「それなら、俺は蹴らない」「あなたが蹴らなくてはなりません」「いったい何の理由があって。何のメリットがあって、こんな風に命令をしてくるんだ」

「そういうことになっているんです」と答える背広の男はあくまでも物腰は穏やかだったが、冗談や軽い思いつきで喋っているのではないのは確かだった。鋼の板と向き合っているようでもある。何を問うても言葉は跳ね返り、ただ、ぐいぐいとその板が自分を押し潰してくる。「従っていただけない場合は、大変なことになります。あなたも、あなたのまわりも。どこかで大きな災害が起きることもあるかもしれません」

さすがに小津は笑った。PKを決めたら、それがスイッチとなり、大地が揺れ、地割れが起きる、といった漫画で描かれるような連鎖の光景を、頭に描いた。何のドミノなのだ。

「わざと失敗するなんて」小津は呟いた。「俺の信念に反します」

それです、と男は鋭く言った。「あなたの信念を曲げて欲しいのです」

頑として首を縦に振らぬ小津はある日、車に乗せられ、海辺のマンションへと連れて行かれた。

いったい何をするのか、これは拉致ではないか、警察に通報するぞ、犯罪だ、と叫ぶが、まるで聞き入れられず、人知れない建物に閉じ込められる。定期的に食事は運ばれてくるものの、人との交流はない。いくつものディスプレイが並び、そこに映し出された人の顔が、延々と、「指示に従うように」と唱えているだけだった。窓から外に出ることもできず、監禁生活とひたすら流れる映像に混乱した。そしてそのうちに別の映像も流れはじめる。有名な選手がPKを外す、様々な場面が繰り返される。プラティニもいれば、バッジオもいた。大事なPKを外し、観客が騒然となる中、天才選手たちは不貞腐れ、頭を抱え、茫然とし、それぞれの反応を示す。これほど単純な洗脳に引っかかるものか、と苦笑していたものの、果てしなく映し出されるその場面は、小津の頭を、ぎりぎりと締め付けた。さらには、小津の家族が映る。記念写真などではなく、日常の場面を何者かが撮影したかのようなもので、その意図するものが分からず、だんだんと不安になった。

どれくらい日数が経ったのか、しばらくして背広の男がまた姿を見せた。

「指示に従ってくれるのであれば、これでおしまいです。受け入れてもらえないのであれば、終わりはありません」

小津は頭を床にこすり付けるようにして、「受け入れます」と宣言する。よろしくお願いします、と。

気づくと、自分の家で目覚めていた。嫌な夢を見た、と汗を拭くが、実際に経験したのではないか、と疑いたくなるほどの生々しい記憶があるのも事実だった。

「観客席を見ろよ」宇野が指をさっとスタンドに向け、顎を上げた。釣られて、小津も目をやる。無数と呼びたくなるほどの、多くの観客たちの顔があった。「あんなに大勢の人間が、俺たちを見てる。おまえのPKを見てる。みんな忙しいだろうに、俺やおまえのプレイに一喜一憂してくれてるんだ。すごいと思わないか」

「プレッシャーをかけるなよ」小津は苦笑した。

「みんな、こっちの苦労も分からないくせに、試合が終われば言いたい放題だしな」そうだよな、と小津は息を洩らす。「なあ、宇野」

「何だよ」

「俺がわざとPKを外したらどうする」

案に相違し、宇野は笑わなかった。真剣な表情で、「そう命令されたのか？」と言う。

小津は、宇野をまじまじと見返す。おまえも、と言いかける。おまえも何か知っているのか、と。が、その時は、「俺たちは負けるのかな」とだけ言った。背広の男の冷たい眼差しが思い出される。試合に負けるだけではなく、もっと別のものに負けるのだ、とも思った。

揺れていた芝が止まり、波打っていたグラウンドの揺れがおさまる。

「ここでPKが決まったとして」小津は言った。「どうなるんだろう」

小津の体を、足元から飛び出してきた黒々とした手がつかんでくる。その、芝から伸びた、不気味な手は、自分を緑のヘドロに満ちた沼に引き摺り込むかのようだった。こちらに落ちてくれれば楽になりますよと誘惑する。

「俺がここで、PKを決めて、そもそもサッカーの結果で、世の中に影響なんてあるのかな」

「そりゃあるよ」宇野は即答した。

「どんな影響が？」

「子供の時、見た、あれを覚えてるか。俺たちがサッカーやめたがっていた時に」

宇野の言う場面はすぐに分かる。ワールドカップでのスター選手の魔術的なシュートのことではない。漫画で読んだ登場人物の活躍でもない。学校帰り、もうサッカーなんてやめよう、とべそをかいていた時に見た、あの場面だ。

「あれと同じだよ」宇野は言う。

「え」

「みんな、勇気が湧くさ」

いつの間にか宇野が離れていた。ペナルティエリアの近くには、小津だけが残り、主審も姿が見えない。視線の先のゴールがはっきりとした輪郭を持ち、把握できた。体を屈めたゴールキーパーの強張った表情も分かる。

数メートル離れた場所に、サッカーボールがある。

小津はゆっくり、地面から足を離し、助走をはじめる。少しずつ勢いをつけ、ボールに近づく。手が振られ、膝が曲がる。

頭の中には、またしても、十七年前の光景が蘇る。

学校帰りに、広い歩道で、宇野と一緒に目撃したものだ。マンションのベランダに幼児が見えた時、はじめは状況が理解できなかった。四階ほどの高さだ。赤ん坊と呼ぶには大きな、二歳くらいの子供だった。幼児はベランダの手すりからこちらを見下ろすように顔を出し、小津は、「危ないな」と呟いたが、その途端、くるっと体が前に回転し、落下してきたのだ。小津は息が止まり、体が動かなくなる。

植木鉢が落ちるような呆気なさで、幼児は地面に近づいてくる。

走ってくる人影があった。背広を着た男性が一心不乱の表情で、天を仰ぎながら駆け寄る。両腕を前に出し、哀れに物乞いするような体勢で走る姿は滑稽で、だが、敏捷だった。

小津と宇野はそれを茫然と目で追うだけだ。

数秒にも満たない時間だったかもしれないが、ひどくゆっくりと幼児が落ちてくる。

地面に衝突する姿が頭を過ぎり、間に合え、と内心で叫んでいた。

幼児が、男性の腕に落ちた。

安堵と驚きが、小津の胸の内で、あたたかさを伴い、広がる。

気づけば両手を天に突き出し、雄叫びを上げている。隣の宇野も同様で、万歳でもするかのように、拳を上げた。近くにいる誰もがそうだった。歩道には、数十人の人だかりができていた。向こう側から歩いてきた集団だった。くすんだ色の服を着て浮かない顔つきだった彼らも、小津たち同様に、その幼児救出の瞬間に興奮していた。言葉にならない声を上げ、安堵ではなく歓びの叫びが反響し、いくにんかは抱き合った。幼児を見事に受け止めた背広の男は、朦朧《もうろう》としつつもようやく緊張が解けたのか、その場に座り込み、震えた。

カタールのスタジアムを、地響きにも似た叫びが覆い、小津を揺らした。自分が芝に膝をつき、上半身を伸ばした姿勢で、両手を高く上げていることにようやく気づく。蹴ったボールが、ゴールの中にあった。自分の体から迸《ほとばし》る歓喜が、観客席の声や震えとまざり、さらに大きな響きを作り出す。宇野が抱きついてくる。「やったな」と彼は顔をくしゃくしゃにし、笑う。小津は拳をもう一度、頭上の夜の空に掲げる。

幼児を抱えた男を取り囲んだ者たちは、自分たちが目の当たりにした光景を嚙み締め、強く拳を握り締め、晴れやかな表情を浮かべる。サッカーボールを抱えた宇野と目が合い、小学生の小津は強くうなずく。

歓声は鳴り止まず、拳は突き上げられたままだ。

C

「幹事長からですか」秘書官が訊ねてきた。大臣は切ったばかりの携帯電話をしまいながら、曖昧に答える。幹事長の用件は同じだった。「善を為すためには、君の決断が必要だ。君の証言で、一人の人間が損なわれるが、裏を返せば、一人の人間だけで済むのだ。さもなければ、君も無事ではない」

大臣は判断ができず、またしても返事を先延ばしにした。

庁舎に着くとすぐに、開いた自動ドアを越え、建物の奥へと向かう。突き当たりの壁の前で、エレベーターを待った。

「君は、小津たちが本当に、サッカー賭博に関係していたと思うか」大臣は不意に秘書官に質問をぶつけた。

ちらっと眼差しを寄越した秘書官は、「先ほども申した通り、情報を分析すれば」と言う。

「情報を分析しなければ？　君自身はどう思うんだい」

秘書官は少し黙った。怒りも、動揺も、困惑もなく、ただ真面目に、答えを考えているかのようだった。「小津選手たちのことはよく分かりません。ただ」

「ただ？」

「最近の大臣が、何かに怯えているのは分かりますが」

大臣は、エレベーターの移動する階数表示にやっていた目を戻す。秘書官の表情は変わらなかったが、「心配しています」と続けるので、意表を突かれた思いだった。

「君が、私を心配しているのか」

秘書官は、どうしてそんなことで驚かれなければいけないのか、と不思議がった。

「怯えている。確かにそうだな」大臣は虚勢を張るつもりもない。「よく父が言っていた。『臆病は伝染する』と。心理学者の言葉らしいが、それは説得力がある。臆病や恐怖は伝染するんだろう。一人が挫ければ、恐怖にしゃがみ込めば、隣の者もそうする。それがどんどん連鎖し、誰も未来に期待できなくなる。だから、父の小説は暗かったのかもしれない。私は読んだことはないんだが」

「大臣は、お父さんの小説をあまり読まれていないのですか」

「家でだらだらしている男が書いた本なんて、読むのに抵抗があるだろう？」

「家でだらだらされていましたか」

「浮気もしていたらしい」大臣は鼻をこすり、笑みを浮かべる。病床で、父親から過去の浮気について打ち明けられたことを思い出したからだ。どうせならば、浮気の秘密は墓場まで持っていくべきではないのか、と言うと父親は、「死なばもろともだ」と嚙み合わぬ言葉で返した。「父親が言うには、一度ある時、浮気相手から自宅に電話があったらしいんだ。ただ、その時、たまたま家の床にゴキブリが姿を見せて、母親は二階に逃げたおかげで、電話には父親が出て、事なきを得た。あれで自分の幸運は全て使ったと笑っていた」

「その虫に感謝すべきですかね」

「見つけた後で、すぐさま叩き潰したらしいが」大臣は肩をすくめる。

「先ほどの言葉ですが」秘書官がぼそりと溢《こぼ》したのは、少ししてからだった。

「どれのことだ」

「臆病は伝染する」

「ああ、それか」

「お父さんは作品の中にも、その言葉を引用されていました」

「よっぽど気に入っていたんだろう。心配性だったから、その言葉に共感したのはよく分かる」

「でも、続きがあるんですよ」

「続きが？」

「心理学者の言葉は続きがあるんです。それもちゃんと引用されています」

「続くのか」

「『そして、勇気も伝染する』」

「え」

「臆病は伝染する。そして、勇気も伝染する」秘書官はそう言うと眼鏡を触った。心理学者のアドラーはそう言っているんですよ、と。

大臣は少し固まったようになり、じっと秘書官を見つめる。無表情の、鉄面皮《てつめんぴ》じみた表情に綻《ほころ》びがあるようにも感じた。「そうか」と答えた。

「二十七年前、大臣が子供を救った勇気も、おそらく誰かに伝染したはずです」

大臣は、じっと秘書官を眺め、「君もそんなことを信じるのか？」と訊ねた。そんな幼稚な言葉を、と。

秘書官は表情をぴくりともさせない。「どうでしょうね。ただ、その幼稚ともいえる作用が、実際に、人の心理の法則として生じるのだとすれば、もはや、それを幼稚だと言い捨てることに何か意味があるのですかね」

大臣は落ち着かず、視線を動かした。秘書官の右手、指に大きな手術痕があるのが目に入る。「その傷は？」

これですか、と秘書官が、自らの指を眺めながら言う。「子供の頃、母親のミシンをいじっていたら、指を縫ってしまったんです。人差し指と中指がくっついて、大騒ぎでした」

大臣は目をしばたたき、じっと秘書官を見つめる。一歩下がり、秘書官の首の後ろを確認した。頸椎《けいつい》の位置とは少しずれていたが、首の後ろに、傷があった。秘書官は手をその傷に当てる。

「歯ブラシを銜えたまま、転んで、刺さったわけじゃないだろう？」

秘書官は無表情のまま、自らの右目を指差して、「子供の頃、ゲームを過度にやったために、色彩を判断する機能に異常が出るようになったこともあります」と言う。

大臣は当惑しつつ、「一つ聞きたいんだが」と訊ねる。

「何でしょうか」

「テレビの中に吸い込まれた後、どうやって帰ってきたんだ」

秘書官が笑いを堪えながら、「あれは大変でした」と喋り出した時に、エレベーターが到着する軽やかな音が鳴り、扉が開いた。

超人

1

左腕に畳んだコートを抱え、ビルのエントランスから出てくると、歩道に人が溢れている。誰も彼もが真上を見上げ、騒がしい声を発し、右へ左へと移動していた。振り返る。上から落ちてきた白い帽子があり、拾い上げた。騒然としている周りのことはさほど気にかからず、手に持ったその帽子を、これは誰のものかしら、と検《あらた》めながら一歩、二歩と進み、落ちてきたのは上からだったな、とそこでビルの屋上へと目をやると、ヘリコプターが見えた。高層ビルの屋上に、赤と白のボディをした機体がある。縁に引っかかったかのような角度は、明らかに不安定だった。ヘリポートへの着陸に失敗したのか。目を凝らすと、豆粒ほどの大きさではあったが、ヘリコプターの足の部分に人がぶら下がっているのが把握できた。いつ落ちてくるのか分からない。

片側一車線の車道を挟んだ、西側の、御影石が敷かれた歩道だった。

右往左往する人ごみを掻き分け、足を速める。靴底の踵が着地し、体重が爪先へと移動する。踵が上がる。足の甲に接する舌革が反り返り、人が老いるにつれ目尻の皺を濃くするように、少しずつ表面の折り目を深くする。

爪先が歩道から離れると同時に、靴についた二つの房飾りが、諍《いさか》いを起こす双子さながらに、えいえい、とぶつかり、絡み合い、ぴょんぴょんと跳ねた。

公衆電話があった。が、ボックスタイプではなく、一本足の台に電話が置かれた簡易的なものだった。ここで変身できぬのは、明らかだ。集まる野次馬を尻目に、高級ホテルの前を通り過ぎると車道を横切る。クラクションを鳴らし、黄色の車が走っていく。着ていた背広を脱ぎながら、駆け、車道を横切りながら、襟首、ネクタイの結び目に指を入れ、引っ張る。ネクタイが緩んだところで、ワイシャツの前面、ボタンとボタンの間の隙間に両手を入れ、左右に引っ張った。ボタンのいくつかが弾け飛び、地面に転がる。シャツの中から、真っ青の服が覗いた。胸元には巨大な、逆三角形の黄色いマークと、その上に描かれた、アルファベットのSにも似た赤い模様が目立つ。

車道を渡った向かい側のビルの一階、正面出入り口には回転扉があった。飛び込むと乱暴に、押す。すると、扉は高速で回転をはじめる。数秒の間に、二十回転はした。再び、扉が動きを止めた時には、着用していた背広やワイシャツ、ネクタイは消えている。濡れたタオルを勢い良く振り回すことで、水分がなくなるのと似ていた。

姿は一変している。

回転扉を押し、その場で素早く、ぐるぐると回っているうちに、身に纏《まと》っているのは、美しい青の服となっている。絹にも似た触り心地の素材で、肩の部分からは、赤く、大きな、マントが飛び出し、背中を覆っていた。膝の裏あたりまでの長さがある。眼鏡も消えた。

「おい、あんた、何だよ」とすぐ近くに立っていた、パーマの男が、驚きの声を上げてきた。公衆の面前で、真っ青の全身レオタードを着たかのような姿に、何のイベントがはじまるのか、と当惑しているのだ。

「あとで」と答えると、真上に両手をぴんと伸ばし、地面を蹴った。その途端、体が宙に浮かび上がる。赤いマントが一度、翻《ひるがえ》る。そして、青服の体は放たれた矢の如く、飛んだ。右腕を突き出し、前方を睨むと、速度は増し、すれ違う空気との摩擦で皮膚が震える。背景が後ろへ消え去り、眼下には車道があった。

ヘリコプターの足にしがみついていた女はついに、手を滑らせ、落下する。悲鳴が反響し、下で見つめる通行人たちも、恐怖と悲しみのいりまじった叫びを上げる。赤いマントをひらつかせ、ビルの壁に沿うように速度を上げる。自らを弾丸とし、まっすぐ上に飛ぶ。

女が落ちてくる。顔を上に向けたまま、目を白くし、失神間近の様子で、打つ手なしの状態を表現するかのように万歳の姿勢となり、降下する。

それを下から迎え撃つ形で、速度を上げる。両手を突き出し、さらに上昇した。両腕を鉤形に曲げ、前に出し、即席の揺りかごを作ると、そこに女が衝突する。鉛直方向下向きの力が、腕にかかった。マントを揺らめかせながら、空気抵抗を大きくし、少しずつ速度を殺す。衝撃を吸収しつつ、見えないパラシュートを開くかの如く、ゆっくりと地面に降下する。バレリーナが挨拶をする際の立ち振る舞いにも似た、優雅さに満ちた着地だ。

爪先から歩道に着き、赤のマントが垂れ下がる。交響楽の演奏が終わり、指揮者が手を止めた時と同じく、感動を飲み込む間をたっぷり空けた後で、歩道を埋め尽くしていた観衆たちから歓喜の拍手が沸き起こる。

「助けたぞ！」「空を飛んだ」「無事だ！」「あれは誰だ？」

そこで映像が止まる。拍手と歓声は止み、空飛ぶ超人はぴたりと動かなくなる。リモコンを操作し、映像を一時停止させた三島《みしま》が言う。「特殊な力を持った男というのは、この、スーパーマンみたいな？」

2

今観たような、スーパーマンとはまるで違います、と三島と向かい合い、ソファに座る青年は言った。口元を歪め、首を左右に振る。「僕は空を飛んだりできませんし、ほら、下にコスチュームを着ているわけではありません」と自分の着ていた背広を開き、白いワイシャツのボタンをいくつか外し、中の下着をこちらに見せた。白く、無地だ。

「それなら君は何ができるんだ」

「未来が分かります」

さすがの三島も、真顔で喋る彼の言葉に、きょとんとし、眉を顰《ひそ》め、それからダイニングテーブルの椅子に腰掛けている私に、つまりは、試合の成り行きを見守る審判のように二人のやり取りを眺めていた私に、目を向けた。おい、この男、大丈夫なのか、と声には出さなかったものの、私に助けを求める表情になる。怪しげな占い師か何かではないか、と。

三島の自宅だった。

半月前、一夜限りの浮気をこじらせて以降、私は、妻と別居する羽目になり、日々の宿泊場所に苦労している。職場で無駄な残業を重ねて退社時間を遅くし、ネットカフェで寝泊りをしたり、ビジネスホテルを利用したり、もしくは、二子玉川の一戸建てに住みながら独身を謳歌している三島の家を頻繁に訪れた。三島は二十代の頃にデビューをし、小説を書き続けている作家だった。実用書以外には興味のない私には、彼の書く小説にどのような価値があるのか分からず、最後まで読み通したものすらないのだが、世間ではそれなりの評価を受けているらしく、知り合いに三島のことを話すと羨《うらや》ましがられることもしばしばあった。

三島は頭が切れる。それは私も認めている。上空から獲物を探す猛禽類《もうきんるい》の目のように、眼光は鋭く、本を読み、ネットの情報に目を通し、時に外国語で書かれた論文にまで手を出し、常に何らかの物事を思案している印象がある。突飛なテーマではなく、普遍的な事柄について、たとえば、「国家と個人との関係」であるとか、「人間の本性に、教育が与えられる影響の限界」であるとか、「女性によるセックストライキの効果」であるとか、そういったことを、ああでもないこうでもない、と考えている。何かに発表するわけでもなく、時折、訪問してきた私に、「田中君、僕の考えを聞いてくれるか」と説明をしてくる。それが有益な活動か否か判断はできぬが、三島が思索好きであることは確かだ。

一方で、驚くほど幼児的な部分もあった。スーパーヒーローの登場する映画や漫画には目がなく、その仕草や活躍の恰好を真似、悦に入ることもよくあった。以前、温泉に行った際に、「スーパーマンはこうやって、向こう側を透視することができるんだ」と女風呂との間にある壁に顔をくっつけるようにし、説明をしてきたこともある。こうやって、目から出たライトが当たって壁が透けて、と嬉しそうに語る。「聴力も凄いから、中での声も丸聞こえだ」と耳を壁に密着させるので、私は必死に止めた。ダイエット食品のメーカーに電話をかけ、「今までのあなたのやり方より効率的です、と箱に書いてあるが、いったい僕の何を知っているんだ」と怒ったこともあった。

また、応援するサッカーチームが試合で負けるようなことがあれば、あからさまに不機嫌になり、「八百長だ。もう二度と観ない」と怒り出す。今でも覚えているが、あの二〇〇二年の日韓ワールドカップの際には、宮城県でのトルコ戦の敗退時、「レッドジンジャーの選手を使わないからだ！」と暴れ、強制的に退出させられたこともある。

つい先ほどもケーブルテレビで、東京レッドジンジャーが試合終了直前のＰＫにより敗戦したのを観終えると、すぐさま電話をかけ、「審判の判定が明らかにおかしい」と大声で怒鳴っていた。電話をかけた先がどこなのかは知らない。

三島の家に、この、本田《ほんだ》と名乗る若者が訪れて来たのは十分ほど前だ。インターフォンを鳴らした彼は、警備会社の営業社員だと名乗り、「説明だけでも聞いていただけませんか」と大人しい口ぶりで言った。小さな店舗向け、もしくは個人宅向けの警備システムを販売するための飛び込み営業で、地区一帯の住宅を片端から訪問しているらしい。三島は、普段であればけんもほろろに追い返すに違いない。が、その時は、私をちらと窺い、「田中君、営業社員がどういう話をするか、一緒に見物しようじゃないか」と企みを伝えてきた。ようするに、贔屓《ひいき》のチームの敗戦によるむしゃくしゃを解消するために、営業社員をからかおうと決意したのかもしれない。私は気が進まなかった。

門前払いを覚悟していたのだろう、営業社員の彼は、家に上がれたことを素直に喜んでいるようだった。若い男で、二十代後半に見える。ほっそりとし、なで肩で、頼りない風貌だったが、黒色のふち、四角いレンズの眼鏡が似合い、やさがたの洒落た男といった風情もあった。

彼はいったいどういう推理をしたのか分からないのだが、この家の主人は三島ではなく私だと思ったらしく、それはおそらく三島が居候のようなだらしなさを見せていたからに違いないが、「本田と申します。よろしくお願いいたします」と名刺を私に出してきた。

「いや、ここの主人は彼だよ」私が、三島を指差す。

大人気ない三島はそこで子供のように顔を赤らめ、「不愉快だなあ」と不貞腐れた。「君、失礼だよ。どこからどう見ても、僕のほうが家主の貫禄だろう」と。

本田青年は狼狽した。ひどく慌て、土下座でもはじめるような態度で、謝罪をする。

「そこまで謝る必要はないけど」と珍しく三島が気にするくらいだった。

「日ごろからこういうミスが多くて、自分でも嫌になってしまいます」

「ほら、三島。君のせいで、未来のある若者がこんなにしょんぼりしてしまったではないか」

三島はとても嫌そうに眉間に皺を作る。それから溜め息をつくと、「間違いは、あなたがそれを正すのを拒むまで間違いとならない」と鋭い声を発した。

突然、何を言い出すのか、と私と本田青年がしんとしていると、「ケネディ大統領の言葉だよ」と三島は続けた。「ピッグズ湾侵攻に失敗した際、そう言った。人は過ちを犯す。どんな立派な人物も失敗はするし、間違えるものなのだよ、田中君。大事なのは、自分がいけなかったのだ、と認めることだと。間違いを認めることは、何より難しい」

私はもとより、本田青年の反応もいまいちだったからか、三島は少々むきになる。

「さらに言えば、過ちが歴史を作っていくようなものなんだ」と大きく出た。

「歴史の講義まではじめるのか」私は苦笑する。「彼は、警備システムの話をしにきたのに」

「田中君、ノーベルの話を知っているかい」三島は構わず、言う。

「ノーベル？　ノーベル賞の？」

「そう。ノーベルは、生きている時に、間違って自分の死亡記事が載ったのだけれどね」

「そうなんですか？」本田青年が、お愛想なのかもしれないが、身を乗り出した。

「何でまた、死亡記事が」

「実は、お兄さんが亡くなったのを、記者が誤解して、ノーベルが死んだと記事にしてしまったのだよ。ノーベルは自分の死亡記事が出たことに驚いた。けれど、それ以上に、自分が記事の中で、『死の商人』と称されていることに愕然としたらしい」

ダイナマイトを発明したことから、「死の商人」と呼ばれていた逸話は、私も知ってはいた。「まったく死んだ人を悪く言わないで欲しいものだね。まあ、この場合は、死んでなかったのか」

「でね田中君、その数年後、ノーベルは遺言状に、ノーベル賞のことを書くんだよ」

「そうなのか」

「田中君、たぶん、彼はね、『死の商人』って言われたことによほど腹が立ったんだろうね。『ふざけんじゃねえぞ。見てろよ』と奮起した」

「『ノーベル賞を作ってやるぞ、どうだ!』って?」私は眉に唾をつける思いで、言う。「ノーベルとはそんなにロックンロールが似合う男だったのか。まあ、気持ちは分からないでもないけど」

「元をただせば、新聞記者の誤報なんだ。それがなければ、ノーベル賞は設立されなかったとも言える」

「されていたかもしれない」

「田中君は屁理屈ばかりなんですよ。君は分かってくれましたよね」三島は、本田青年の顔を窺う。「過ちが歴史を作るという話だ。たとえば、第一次世界大戦がどうして始まったのか、知っているかい？　オーストリア皇太子が暗殺されたからだ。あれは実は、五人の人間が暗殺に失敗していて」

「三島、話が長いぞ」

「ふん」三島は鼻を鳴らし、むっとした。「では、商品の説明を聞くとしますか」


三島の家は、渋谷から田園都市線に乗り二子玉川で降り、そこから古い住宅地に入り、くねくねと細い道を何度か曲がった一画にあった。初々しい華やかさというよりは、由緒正しい堅物といった佇《たたず》まいの家が並んでいる。高い塀や立派な植え込みが方々で見受けられ、確かに、警備システムを導入する意識は高いように思えた。すなわち、本田青年の飛び込みは、あながち的外れではないのでは、と評価したくなった。すると三島が、「でも君、このあたりの家は古くからの住宅が多いから、警備システムに関心のあるところはすでに導入済ではないのかな」と鋭い指摘を口にした。言われてみればその通りだ。

本田青年は背筋をぴっと伸ばし、「おっしゃるとおりです」と兵士が返事をするかのように答えた。「ただ、少し言い方は悪くなってしまうのですが、物騒な事件のニュースは日々、流れていますから、今までは防犯に関心がなかった方も、ある時、ふと怖くなる可能性はあるんです」

「なるほど、『恐怖』や『不安』という名札をつけた営業社員が、君たちのために仕事をしてくれているわけだね。強盗殺人など起きた日には、稼ぎ時なわけだ」

三島の皮肉めいた物言いにも、本田青年は律儀に、「はい、そうなんです」と応じた。「私たちの会社では、みなさんの安全を守るために」とパンフレットを広げる。

「幅広いご提案をさせていただきたいと思っているんです」

「幅広い、とはどれほど」

「たとえば、窓ガラスの開閉センサーや監視カメラなどにはじまり、空気清浄機まで扱っています」

「空気清浄機?」三島はきょとんとした後でうなずく。「警備会社は悪い侵入者からだけじゃなくて、悪い空気からも守ってくれる、というわけか」

本田青年は、「まさにそれです」と真面目な顔で言う。「それから最近では、野良猫の糞の被害から守るシステムも提案させていただいております」

「野良猫の糞？」三島は興味深そうに顔を近づける。

どうやら、庭に、猫にのみ聞こえる、不快な超音波を発生させる装置を置き、追い払う仕組みらしい。赤外線により猫が来たことを察知するため、そのセンサーに死角ができぬように、配置も考える。

「老いた猫ですと耳が遠いため、効果はないのですが」

これはまた面白いねえ、と三島は、猫避けの器具に強い関心を示し、目を輝かせ、何度も相槌を打つようになった。

淹れたコーヒーを私が、彼らの囲む背の低いテーブルに置くと、「田中君、うちにもこういったシステムがあったほうがいいかな。どうだろう」と真剣な面持ちで訊ねてきた。

「あってもいいんじゃないかな。君は有名な作家先生なのだし」私は茶化す。「不快な訪問者が来る可能性もある」

「いや、こっちの野良猫防止のシステムなんだが」

「そっちはいらないだろう。君の家の庭に猫が来たのを見たことがない。そして、君は時折、猫の手も借りたくなる」

三島は冷めた眼差しで、鼻で笑うようにし、「田中君もつまらないことを言うものだ」と洩らした。そして、「それにね、猫とシステムとは非常に興味深い組み合わせなのだよ。人間のシステムに動物は組み込めない。システムでは管理し切れないんだ」とぶつぶつ続ける。

そこで本田青年の態度が変わった。一瞬、きょとんとした後で三島を見て、居間の壁に置かれた書棚に目を走らせたのだ。そこには三島の著作がいくつか並んでいる。大慌てで、自分の鞄を引き寄せると、中から小さな本を取り出し、「三島先生でしたか。いつも本を愛読しています」と言うものだから、驚いた。心なしか三島も態度を変えた。からかう気配をすっと消し、姿勢を正した。

これをきっかけに、本田青年は、契約に向けて一歩前進できるのではないか、と私は無責任に想像していたが、やがて彼の口から飛び出したのは予想外の台詞だった。

「三島先生にこんなところでお会いできたのも何かの縁かもしれません。ぜひ、相談に乗っていただけませんか。悩んでいることがあるんです。誰にも相談できず、どうにでもなれ、と自暴自棄になりかけていたのですが」と俯き気味に喋り出す。三島は私を見て、困った表情を浮かべた。

「三島先生のあの作品を読んで」本田青年は、三島の小説の内容に触れる。「最後の台詞で、勇気づけられました」

ああ、と三島は少しげんなりした表情を浮かべる。

「どうしたんだい、不機嫌な顔になって」私が訊くと彼は、「いや、以前にね、前向きな台詞で終わる小説を書いたところ、批評家に、青臭いと笑われたのだ」と打ち明けた。

「ショックだったのか」

「いや、その批評家が、ラストの台詞に容易《たやす》く引き摺られたことに寂しさを感じたんだ。映画のエンディングの曲が明るかったからといって、だから、どうだって言うんだ。一般の読者はそれでいいが、仮にも批評家がそれでいいのか」

ようするに負け惜しみだ。私は相手にする気はなかった。

そして、少ししてから、本田青年が言ったのだ。「僕は実は、ええと、何と表現したらいいのでしょうか。普通の人間とは少し違っているんです」

「普通じゃない、とはどんな風に」

「特殊な力を持っているんです」

苦しげに罪を告白するかのような本田青年の、重く暗い態度に、私は困惑した。どう声をかけるべきか、真面目に取り合って後で笑われるのではないか、とも警戒した。三島も対応に困ったのだろう。手元にあったリモコンを操作し、テレビをつけると、自分の気に入っている、古い映画を再生させた。宇宙から来た超人が変身し、空を飛び、ヘリコプターから落ちた女性を救出する有名な場面が映る。そして本田青年に、特殊な力とはこれのようなものか、と問い質したところ、彼の口から飛び出してきたのが、「未来が分かります」という台詞だった。

三島が困惑した顔をしているので、私は腰を上げ、つまりは審判のような傍観者じみた立場から抜け出すことにし、「未来を予知するってことですか」と説明を促した。

彼は、神経質そうな顔をこちらに向け、じっと私を見た。

「この男は、田中君と言い、僕の助手のようなものです」と三島が、私をようやく紹介する。

気づけば背の低い、応接用のガラステーブルの上に、新聞記事の切り抜きが並んでいる。本田青年が鞄から取り出し、広げたのだ。いつも持ち歩いているのだろうか。

新手の詐欺ではあるまいな。

日付がばらばらの、つまり紙の褪せ方も大きさも異なる記事は、おおよそ十枚はあったが、いずれも殺人事件や事故を報じるものだった。私は、これらの事件や事故を彼が事前に予測していたと言うのではないか、そういったたぐいの、胡散臭い自慢話ではないか、と想像した。

三島は腕を組み、難しい表情をしている。

3

秘書官は、居酒屋のカウンターに座っていた。落ち着かず、周囲を見渡す。

「落ち着きなさい」隣にいる大臣が言った。「私の顔などみんな知らないよ。就任して二ヵ月の、大臣なんて興味がないに決まってます。もっと悪いことをたくさんして、テレビやネットに顔が公開されなければいけないのかもしれない。私はまだまだだよ」

白髪まじりではあるものの、眼鏡をかけ、穏やかそうな顔には、蒲柳《ほりゅう》の質の文学青年たる趣《おもむき》があったが、よく見るとその穏やかさには、人生の困難に揉まれ、乗り越えてきたからこその強靱さが滲んでいた。静かな湖のようでもあり、峻険な山のようでもある。病で子供を失った経験からなのか、それとも、新人議員の際にマスコミに追われた経験が影響しているのか、大臣の、物事に向き合う姿勢には、世の中を斜に構えて眺めるでもなければ、純朴に理想を信じるのとも異なる、柔軟さがあった。秘書官として行動をともにするようになりまだ二ヵ月ではあるが、その言動に心を奪われることが多かった。

大臣が瓶をつかみ、自分のグラスに注ごうとしているので、注いでもらうなど滅相もない、と慌てた。

「あなたのそういう態度のほうがよほど目立つよ」と大臣が笑った。それから、「私の父親は昔、浮気相手から自宅に電話をかけられたらしいがね」と昔話をした。「家にいた母親がそれに出て、大騒ぎになった」

「考えるだに恐ろしい場面ですね」

「そうだね。たまたま、母がそこにいたのがまずかったのかもしれない。でも、父は堂々としたものだったよ」

「それはそれは」

「私はあの時に学んだ。落ち着いていれば、どうにかなるものだ」

「そうかもしれませんが」秘書官はぼそぼそと言う。「いえ、大臣は有名人ですから。軽率にこういうところに来るのはよくありません」

「私が大騒ぎされて有名人だったのは、もう三十年近く、私が三十の時であったから、二十七年前か。そんな昔のことは、誰も気にかけていないよ」

「そんなことはありませんよ」

大臣は、秘書官よりも一回り年上で、還暦の手前の年齢だったが、向かい合っていると、年下の、颯爽とした若者と向き合っているような気分になる。さらに、大臣の、年齢や性別とは無関係に、誰に対しても気遣いを見せる姿勢を見ると、若い頃に女優や美人ホステスと浮名を流していたという話も、嘘ではないと思えた。「あなたはさ、丁寧に仕事をするから信用できますよ。最終的に生き残るのは、真面目な人だからね。秘書官としての経験も長いんだから、もっと自信満々でいいですよ」とぶっきらぼうながらも言われた時には、喜びで、胸が弾んだ。

「どうして急に居酒屋に来たくなったんですか」秘書官は、自分が姿を隠したところで意味がない、と分かってはいたものの、首をすくめ、周囲から顔を隠そうとしてしまう。

「意味なんてありませんよ。ただ、こういうところで飲むのは楽しいじゃない」

いつの間にか隣に、髭を生やした若者が座っており、大臣に向かって絡んできた。長髪の、二十代前半と思しき、くだけた服装の男だ。はじめは、そこにいるのが政治家だと知る何者かによる、怪しげな接近か、と秘書官は警戒した。酔客と油断させておいて、何らかの失言を引き出し、録音するであるとか、もしくは、酒に酔い絡んでくるふりをしながら、物理的な攻撃を仕掛けてくるであるとか、そういった密偵活動なのではないか、と当然のように思い、立ち上がり、「ちょっと」と声をかけようとしたが、大臣がそれを制した。「大丈夫だよ。ただ、お酒を飲んで、こうなっちゃったんだろう」と余裕のある声を出す。

「ですが」

ここ数ヵ月、大臣のまわりが騒がしいのは事実だった。

彼が野党時代から温めていた政策が、与党となった今、机上の空論に過ぎないと明らかになりつつあるからだ。しかも、同じ党内から、「一度、やると言ったからには、やり通さなくてはならぬ。野党に付け込まれる」と圧力を受け、大臣の置かれている立場は危うかった。テレビの報道番組に出演した際に、「政治家が最も捨てなくてはならないことは、意地やプライド、沽券だ」と発言し、さまざまな憶測を呼ぶことにもなった。

大臣自身はあっけらかんとしたもので、精神的な疲弊もさほど見せず、今も隣で、「彼を御覧なさい」と表情を緩めている。「目が据わっているし、私の観察が正しければ、芝居ではないよ。もしこれが芝居であるのなら、騙《だま》されてもいいじゃないか」と大らかに言う。秘書官はその言葉に納得したわけではないが、席に腰を下ろした。

「なあ、おっさん聞けよ」若者は、大臣のほうへと肘を寄せ、顔をぐっと突き出した。「政治！　俺はね、政治の話がしたいんだよ！　おっさん、新聞とかネットとか読んでないだろうが」

大臣は笑いを堪えている。

いいか、この国はもうおしまいだ、と酔客は言った。おっさん、ボールを空に向かって投げてごらんよ。上がって、あるところで頂点を迎えたら、落ちるだろう。社会の成長、経済の成長もそれと同じで、描くのは放物線なんだよ。ぐんぐん伸びていくけれど、いずれ、落下するんだ。資本主義なんて、特にそうじゃないか。物を作って、誰かに売る。誰かが欲しい物を見つける。さらに売る。もっと欲しい物を考えて、売る。それが永遠に続くのなんて無理だ。欲しいものはいずれなくなるし、新しい商品だって思いつかなくなる。じゃあ、どうする？　一番手っ取り早いのは、みんなが持っているものを一回奪うことだ。壊したり、なくしたり、それでもう一度やり直すしかない。テレビを売りつけるためには、まず、相手が持っているテレビを奪うこと、そうだろ？　戦争か、大恐慌か、大災害か、何らかのリセットが起きて、やり直さないと、もうこの国は駄目ってわけだ。物理法則上、無理なんだ。国の経済が、直線の右肩上がりで、空高く飛んで行き、永遠に落下しない。そう思い込んでいるなんてのは愚の骨頂だね。本当なら、豊かな人間が持ち物を手放すべきだが、人は自分の財産を手放すことだけは嫌だからな。

目新しい話ではなく、おまけに呂律が回らぬせいか聞きづらく、秘書官はうんざりしたが、大臣は、その男の話に大きくうなずいている。ふむふむなるほどそうかそいつは大変だ、と息子の愚痴を受け止めるようでもあった。

若者はさらに続けた。

そもそもね、経済が発達して、世の中が豊かになればなるほど、破滅は近づいてくるんだ。ほら、昔はたぶん、洗濯機なんてなかったんだから、服を洗って乾かすだけで一日がかりだったのかもしれない。そうだろ、おっさん。それが今や、洗濯機と乾燥機だ。服をごしごしやっていた時間がごっそり空く。便利だよな。日々の生活に余暇が生まれる。そうなりゃ、どうなる？　分かるだろ。余計なことを考える時間が増えるんだ。どうして自分が生まれてきて、死ななきゃいけねえのかとかな、考えてもしょうがないことを考えちまうんだ。自分の存在価値を求めちまう。そして、どうするか。間違いなく、他人と自分を比較するようになる。そうすりゃ、あとは自己顕示欲、虚栄心だとか嫉妬心だとか、そんなものばかりが増えてくる。他人に羨まれる人間になりたい、できるだけ見栄えのいい仕事に就きたい、誰でもできるような仕事はしたくない、出る杭は打ちたい、出た杭は引き抜きたい。優れた人間を見て、ああなりたい、自分も頑張ろう、なんて思っていられるうちはまだ世の中は成長するかもしれねえが、たいがいはそうならねえよ。優れた人間を見て、早く転ばねえかな、そうすりゃざまあみろなのにな、てなもんだ。競争社会には二種類あるんだ。一つは、全員が努力して競い合う、健全な競争だ。でも、多くはそうじゃない。相手を転ばして、楽して勝とうっていう、消極的な競い合いだ。そうなれば自然、お互いが、ミスを恐れて縮こまる。

冷笑社会！　まさにそれだ。誰も彼もが、他人を見下し、分析し、冷笑するポジションに立とうとしている。

努力しない人間は、努力なく欲望を叶えるために、物騒で、身勝手な事件を起こす。真面目にやっていては馬鹿を見る、やったもんがちだ、と不正に手を伸ばす。

政治家だって同じだ。国民の支持率ばかりを気にして、畏縮している。国民が、「いいですね」なんて賛成できることばっかりやるんだったら、政治家なんて不要だ！　そうだろう？　政治家がやらなくてはいけないことは、普通の人間が反対しそうなことを、どうにか推し進めることにあるんじゃないのか。

この間はうちに電話がかかってきた。新聞社の世論調査と言うじゃないか。俺はもちろん、本気でね、真面目すぎるほどに回答を述べたよ。ただ、考えてみろよ。俺みたいな素人の世論調査を集めて、「国民はこう思ってます」と新聞に載せることに何の意味があるんだ？　仮に、「世論調査に意味があると思いますか？」と調査をしてみればいい。「意味がない」と答える人間が多数派だったら、マスコミはそれをやめるのか？　やめないはずだ。それくらい、世論調査には意味がない。

「早く、お店を出ましょう」と秘書官は店員に会計を申し出る。

「彼を、うちの党のブレインに推薦しようか」と大臣は冗談を口にする。

若者は、「ほら、恐竜」と続ける。

ほら、恐竜の社会は一億年も続いたらしいじゃねえか。おっさん、そうだろ？　昆虫もそうだ。

たぶんな、あいつらは、毎日、生きるためにやることがたくさんあって、余計なことを考える時間がなかったんだ。ティラノサウルスがな、ほかのティラノサウルスを見て、あいつよりも素敵な一生を、誰にも羨まれる一生を送りたいな、なんて思う暇はなかったと思うんだよな。だろ？　だから、繁栄し続けられたんじゃねえか。ゴキブリは三億年前からいるんだろ。あれもまた、洗濯機とは無縁だ。

経済成長だとか、文明の発達なんてのは、最終的には、自分たちの社会の寿命を短くするんだよ。洗濯機が、自我を目覚めさせちまう。おっさん、そう思わないか。

秘書官は、大臣に顔を近づけ、「もうそろそろ帰りましょう」と耳打ちした。「明日も朝から、ブリーフィングです」

大臣は首肯した後で、若者のほうを向いた。「でも、恐竜は、ゲームもできなければ、映画も観られませんよ。サッカーも楽しめなかったでしょうし、たぶん、美人女優のヌードを観て、興奮することもなかったんじゃないのかな」

「まあ、恐竜たちはずっと裸だからな」若者は言うと、いよいよ酩酊状態になったのか、突っ伏した。

大臣は笑った。それから秘書官を見て、「そういえば」と顔を引き締めた。秘書官は、美女に見つめられたかのようにはっとする。「何でしょうか」

「私用で、調べごとをお願いできないだろうか」

「何でしょう」

「人を捜してほしいんだ」

「どなたを」

「今、この若者が口にした、放物線、という言葉で思い出したんですよ。二十七年前、私が」

そこまで言って秘書官は察した。「大臣が、命を救ったあの子供ですか」

照れ臭さからか、大臣はまさに苦虫を噛み潰したような顔になる。「彼は今、どうしているんだろうか」

やってきた店員から釣りの小銭を受け取り、秘書官は椅子から立つ。出口へと向かう。

背後から、酔った若者の、大胆な寝言とも言える、大声が聞こえた。

「恐竜は服を着てないから、洗濯は不要だ！」と大発見した研究者さながらに、若者は叫んでいた。

4

ソファに座る本田青年を、私は見つめる。並べられた記事を、三島は顎に手を当て、ふむふむ、と読み、「今の君の話し振りからすると、君は予知能力か何かで、これらの事件や事故を予測していたと、そういうことですかね」と言った。殺人事件や事故のニュースばかりだ。

もちろん、私同様、三島も、予知能力なるものを信じていたわけではなかっただろう。三島の隣に腰を下ろした私は記事を手に取りながら、警備会社の名刺に目をやり、その後で、前に座る本田青年を見た。

彼は天井を見ていた。いや、上を向いたまま、目を閉じている。妙な恰好に思えたが、何らかの覚悟を決めたようにも見えた。しばらくすると、肩から力を抜き、まっすぐ眼差しを、三島に向けた。

「その想像は近いのですが、少し異なっています。本質的には同じと言えるかもしれませんが、まったく正反対のこととも」

「どういうことだろうね、田中君」三島は、私に語りかけた。目の前の青年から受ける不気味さを私と共有し、拡散させたかったのだろう。

「実は」本田青年が告白した。「この記事に載っているのはすべて、僕が起こした事件なんです」

私も三島も言葉を失った。声を出すのは、室内のサイドボードの上に載った時計だけで、私たちの思考をせっつくように、体の芯をちくちくと、音で突いた。

鋭い目でじっと本田青年を見つめていた三島は、後ろに飛び跳ねた。実際には、重いソファが簡単に動くとも思えないから、おそらく、少し横に傾いたくらいであるのだろうが、ただ、その場では、ソファが転げるほどの驚きを受けていたのは事実だった。

「大丈夫です。僕は、誰彼構わず、危害を加えるわけではありませんから」慌てて本田青年は、持病を暴露するかのように、溢《こぼ》した。

「しかし本田君、君は」三島が斜めになったソファを直しながら、記事を見た。「これを全部やったのかい？　列車の人身事故もあるが」

「まさか君が背中を押したのか？」私は若干、詰問口調だった。

本田青年は瞼を閉じた。子供が悲しみを堪えるかのような表情だった。

私たちはどう反応してみせるべきか、しばし悩んだ。電話機を手に取り、今すぐ警察に電話をかけ、この若者を引き渡すべきではないかと思いもしたが、彼の喋っている内容を完全に理解できている自信もなく、もしかするとこれは、何らかの比喩や例話のたぐいではないか、との疑いもあった。

と思っていると本田青年は、「僕のところには毎週、サッカーの試合結果がメールで送られてくるのです」と本題とは関係のないようなことを口にする。

「試合結果のメール？」

そういうメールマガジンがあるのだ、と本田青年は説明をはじめる。はぐらかされているのかと思うが、彼の表情は真剣だった。

プロサッカーの一部リーグの試合が行われると、その結果速報が、本田青年の携帯電話に送られてくる。数年前に登録し、解約せぬまま継続していたのだ、と彼は言った。「どうして、東京レッドジンジャーを応援しないのか」と三島はその時だけ、前のめりになり詰問したが、本田青年は申し訳なさそうに、肩をすぼめるだけだった。

試合結果は通常、対戦カードとその勝敗、得点、得点者が記され、試合内容についての概要が書かれているらしい。「それが二年前、急に、人の名前が記されていたんです」と本田青年は言った。「本来であれば、チーム名が書かれているべきところに、見知らぬ男のフルネームがありました。その後に、住所と、日付、そして、数字と、それだけでした」

怪しげな迷惑メールではないのか、と私は訊ねた。

「僕もはじめは気軽に捉えていました」

5

本田毬夫《まりお》は確かに、気軽に捉えていた。送信元のメールアドレスに問題はなく、件名も通常通り、「○月○日　第○節試合結果」とあるだけだった。奇妙であることは、本文を開いた後に分かった。そこにはチーム名もなければ結果もなく、ただ、ぽろりと一行、人名と住所と日付と数字が記されていたのだ。

これはいったいどうしたことか、と本田毬夫は訝った。何度もメールを読み直す。携帯電話の故障、とも思いにくく、それならば、メールを送ってきた側のミスであるのだろう、と単純に思った。放っておくほかない。後から謝罪のメールが届くのではないか、と推測し、気にかけなかった。「前回のメール内容のことは忘れてください」といけしゃあしゃあと送られてくるようにも思えた。

翌朝、携帯電話を開き、再度、件《くだん》のメールを確認すると、ごく普通の試合結果しか書かれていない。

昨晩のあれは何だったのか。

電話機を操作するものの、人名メールは見つけられない。見間違い、疲れから幻でも見たのか、と首を捻る。

同様のことが起きたのは、三週間後の同じ曜日だった。

そこからの本田毬夫の体験と心情を、時系列に沿い、架空の日記のように並べてみれば、本田毬夫には日記をつける習慣がなかったため架空にならざるをえないのだが、次のようになる。

○月○日　再び、不可解メール受信。記された個人情報はまったく覚えなし。自分の名前と少し似ているため、警戒するが、関連はない。住所にある山形、行ったこともない。ネット検索するが、気になる結果は出てこない。
○月○日　朝、昨日受信したメールを見ると、普段のメールに戻っている。システムエンジニアの知人に、技術的にそのようなメールを送ることが可能かどうか、つまり、時間が経つと、たとえば蛹《さなぎ》であったものが翌日に脱皮し、蟬と変化しているかのような、そういったがらりと姿を変貌させるメールは開発できるのかどうか、問い合わせる。パソコンのメールソフトに、誤表示のプログラムを組み込めば可能かも知れぬが、携帯電話を改造するとなると手が込みすぎている、とのこと。ネット上の情報を見る限り、同様の事象が発生している様子はなし。気にかけないこととする。
○月○日　二週間ぶりに不可解メールを受信。知らぬ名前に、知らぬ住所、二週間後の日付に、数字。メールの内容がいつ変態を遂げるのかを目撃するため、定期的に携帯電話を操作するが、眠る直前までメールの内容に変化なし。
○月○日　起床後、携帯電話のメールを開くと、サッカーの結果が表示。いつ変化したのか。寝て、起きると変化する仕組みなのか。
○月○日　不可解メールを受信。ちょうど隣にいた友人に読ませる。衝撃の答え。

「へえ、二対一で、千葉が勝ったんだ。良かった。で、これのどこが奇妙なんだ？」
○月○日 眼科の検査結果に異常なし。心療内科を勧められるが、不可解なメールが届く以外に不便はないため、受診に踏み切るほどとは思えない。

そして水曜日、通勤中のことだ。朝、常磐線の上り線ホームには人が、いつものように溢れていた。等間隔に、車両の扉が位置するだろう場所ごとに、電車を待つ人の行列ができている。前も後ろも左右も、見知らぬ乗客たちで、挨拶もなければ、会釈もない。雪の中に立つペンギンの群れと似たようなものだった。

アナウンスが列車が来ることを告げた。右から、列車が進入し、少し甲高い摩擦音を出しながら速度を緩める。停車しはじめる列車の窓から、乗客が詰まっているのは把握できた。いつもと同様の、満員の車内だ。扉が開く。降りてくる客はほとんどいない。ペンギンたちが乗り込みはじめる。ぎゅう詰めの車内に、乗客たちが足を踏み入れていく。

車内は人でぎっしりで、本田毬夫は背広の男たちに挟まれた。列車が揺れるたび、体が横に傾くが、足で踏ん張ることはせずに、横の客に体を寄りかからせる。するとその客も横に体重を預ける。乗客全体が、ぐにゃぐにゃとした大きなゼリーのようにして、形を変える。満員列車の中をできる限り、過ごしやすい場にしよう、と誰もが協力し合っている、とも言えた。無愛想で、無表情、心は通っていないが、チームワークが発揮されている。

電車が強く揺れ、乗客たちは少し傾く。本田毬夫も体勢を整える。もう少し激しく揺れれば、乗客たちは捏《こ》ねられた肉の粘土となりかねない。車両の左右の側窓には長いベンチ型の、七人掛け座席があるが、その前に押し出された。座りながら新聞を読んでいる乗客はとても優雅に感じられたが、本田毬夫は妬《ねた》まない。彼らは彼らで、何らかの戦いや我慢を経由し、その場所を確保したに違いないのだ。

目の前に広げられた新聞を、何とはなしに読むと、大きな見出しが目に入った。山形県で起きた交通事故の記事だ。飲酒運転で、屋外散歩中の幼稚園児の列に衝突したという。五人が死亡した、と記されていた。

興味があったわけではないが、列車に揺られている間、ほかにすることもなく、視界に文字があればそれを読むほかないようなところもあって、本田毬夫はいつの間にか記事を熟読した。座っている男がなかなか新聞をめくらなかったこともある。

やがて、事故を起こした加害者の名前に引っ掛かりを覚える。どこかで見たことがあるのだが、知り合いではない、さて、と思いはじめたのは少ししてからだ。

あ、と気づく。記事の氏名に見覚えがあった。先日、着信した不審なメールに記されていた名前ではないか。さらに、こう考える。

メールに記載されていた日付は、この事故のあった日付ではなかったか？

朧《おぼろ》な記憶に触れているうち、新聞が捲《めく》られた。事故の記事は裏側に消え、宝くじの全面広告が現われる。

本田毬夫はその日以降、不可解メールが届くたびにその内容を記録するようになる。
○月○日　新聞を見る。一昨日、起きたストーカー事件の犯人の名前に憶えがある。先週、メールに記載されていた名前と同一。メール記載の住所を訪れる。警察とマスコミにより包囲され、近づくことができない。
本田毬夫はそこから考える。

あの不可解なメールには、何らかの事件を起こす加害者の名前と、その住所、事件が発生する日付が書かれているのではないか。犯罪についての予言メールではないか。

それで。

どうするのだ？

6

本田青年の説明の後、三島と私は顔を見合わせた。疑問は無数にあるように感じたが、一方で、いずれの疑問も根は同じに思えた。目の前の若者と、どう取っ組み合えば良いのか、判断がつかない。

三島は頭の回転が速かった。本田青年の話をそこまで聞いた時点で、先回りをした。聞いたばかりの予言メール話と、殺人事件の記事、その前の本田青年の発言をどう結びつけるべきか推理したのだろう。

「君はもしかすると、その予言メールを信じて、加害者となるべき人間を、殺しているのかい？」

私はまだ、そこまで思考が追いついていなかったため、三島の発言の意味がすぐには理解できなかった。

本田青年は顔を引き攣《つ》らせたが、満足感も浮かべていた。顎を引く。「その通りです。さすが三島先生です」狂おしい気持ちを搾《しぼ》り出すようだ。「僕が殺害しているのは、放っておいたら、身勝手な殺人を犯していた人間たちです」

私は当惑した。頭の中に鉛が流し込まれたかのようで、意識がどんよりとする。一方の三島は、冷静さを取り戻そうとしていた。眉にぎゅっと力を入れ、顔をしかめ、本田青年を睨みつける。手元の新聞記事を手に取る。

「君は、銃を持っているのか？」新聞に掲載されている記事には、銃で撃たれた被害者も複数、いた。「もし、この事件が君の仕業だというのなら銃を撃っているはずだ。銃をどうして持っているんだ。君の会社では銃も取り扱っているのかい？　防犯グッズとして？」

「それは一番最初の時に、たまたま手に入ったのです」彼は言った。

いったい、一番最初、とは何の最初なのか、と私は気にかかる。

「受け取ったメールに書かれているのは、何らかの事件を起こす、それも人の命が奪われる、そういった事件を起こす人間の情報ではないか。僕はそう考えはじめました。ただ、さすがにそうは言っても、簡単には信じられません。だって」

「だって？」

「これではまるで、漫画じゃないですか」

「そうだね。今の君の話を僕が小説に書いたら、鼻で笑われる」三島は声を強くした。「君は今、その漫画じみた話を、とうとうと僕に聞かせている」
「だから、まずは書かれているメールに記されている住所へ、出かけた。一戸建てであったた
め、これ幸いと警備会社の飛び込み営業を装ったのだという。
彼は送られてきたメールに記されている住所に行ってみることにしたんです」
出てきたのは、髪がずいぶん伸びた、中年の痩せた男だった。通常の営業の際であ
れば不快感を与えぬうちに立ち去るものの、その時はしつこく、話を続けた。あまり
に粘り強かったせいか、男はある瞬間、怒りのマグマを一瞬、顔面に噴出し、鬼の形
相となった。が、すぐに能面のような表情となり、「そうだな、家の中に上がれ」と
室内に、本田青年を誘った。
訝りつつも彼は、家へ入り込んだ。有名な住宅メーカーが設計したらしく、吹き抜
けの階段や広い廊下が印象的な、立派な家だった。居間のカーペットも踏み心地が良
く、瓢簞《ひょうたん》から駒と言うべきか、これほど上等の住宅であれば、警備会社のシステムを
導入しても良いのではないか、と本来の職業である、営業の魂が疼《うず》いたが、その直
後、目の前に銃口があり、それどころではなくなる。突きつけられたのは、営業の魂
どころか、本当の魂の問題だった。
唐突に強盗が押し入ってきたか、とはじめは思った。警備システム導入が一歩遅か

ったか、と悔いた。が、銃を握っているのは、この家の主だった。鼻の穴をこれきりというほどに膨らませ、銃をぐいぐいと突きつけてくる。

と、本田青年は臨場感を出しながら、その時の様子を、私たちに話してくれた。

「その人は、誰でも良いから人間を撃ちたかった、とのことでした」

男はどういう経路でかは不明だが、銃を手に入れ、手に入れたからには使用したくなり、悶々としていたのだという。はじめは近所の猫を捕まえ、撃ち、ゴミの日に捨てていたが、すぐに人間の腹に銃弾を撃ち込みたくなった。悶え苦しむ人間を見たくなった。欲望はエスカレートする。資本主義における経済成長と同じ理屈だ。欲望を叶えれば、次の欲望が生まれる。男は、人撃ちの瞬間を、夢にも見るようになる。そして、近いうちに保険会社の社員が訪問してくるから、その女を的にすると決め、クリスマスを待つかのように、その日を指折り数えて待っていたのだが、先に現われた警備会社の営業社員があまりにしつこいため、計画を変更することを決めた。撃てれば誰でも良い、と。

「あの時僕が、生き延びたのは本当にたまたまです。撃たれたくないので格闘になって、ほら映画で時折、見かけるではありませんか。もみくちゃになっているうちに、弾みで引き金が引かれたんです。はじめは僕が撃たれたと思いました。ゆっくり立ち上がりながら、腹や肩を恐る恐る眺めたのですが、血も痛みもありませんでした。起き上がらないのは男のほうでした」

「ようするに」三島は人差し指を、本田青年に向けた。「君はそこで初めて殺人を犯し、銃を手に入れたわけだ」

「また使おうと思ったわけではないのですが、持ち帰っていました」

私と三島はまたしても顔を見合わせる。精神的に不安定な、不良少年の扱いに、二人して戸惑っているような感覚だった。

その時、携帯電話に着信があった。本田青年の持っていた電話機が短く、振動したのだ。「あ、ちょうどその、サッカーのメールマガジンです。試合結果が送られてきました」彼は、気色悪い虫を眺めるような目で、メールの内容を読んだ。瞼は半開きで、自分の心が必要以上に揺れ動くことを抑えるためか、ぼんやりと文字を眺める様子でもあった。その瞳が、左から右へと移動する。また、左へ戻り、右へ視線が滑る。メールの文面を読んでいるのだろう。そのうちに、かっと目が見開かれたかと思うと、見る見る本田青年は顔面蒼白となった。

「大丈夫かい?」どれどれ、と私は立ち上がり、彼の持っている携帯電話を後ろから覗いた。

「すみません、ちょっと動揺して」本田青年は言うが、依然として落ち着きを失っていた。

「やっぱりそれは、予知のメールだったのですかね」三島が訊ねた。

はい、と本田青年は答える。呼吸を整えるようにしてから、「びっくりしてしまって」と溢した。

「何にびっくりしたんだい」

トイレをお借りしてもよろしいですか、と本田青年は言い出した。嘘をついている様子も、時間を稼ぐようにも見えなかった。三島がトイレの場所を教えると、覚束《おぼつか》ない足取りで、本田青年は部屋から出ていった。

さて、居間に残った私と三島は、その隙に、考えをまとめようとした。作戦を立てるのであれば今だ。

「田中君、今のメールは普通の内容だったのですか？」

「ごく普通の、サッカーの試合結果だったよ。東京レッドジンジャーが〇対一、ＰＫで負けたと書いてあった。さっきの試合だろう」

苦しげに、舌打ちした三島は、「明らかにおかしかった」と言う。

「そうだね。本田君の反応はかなりおかしかった」

「そうじゃない。いや、それも確かにそうなんだが、僕が今、言ったのはさっきのPKのことだ。ディフェンダーの足は、ボールに当たっているだけだった。審判の判定がおかしいんだ。確かに、あのフォワードの土壇場でのドリブル突破は素晴らしかった。目を瞠った。敵ながら天晴《あっぱ》れだ。もっと言えば、彼には我がレッドジンジャーに来てもらいたい。ただ、あれはPKじゃない。フォワードの演技は大根だったと思わないか。あれで、PKがもらえるなら、駅の階段で躓いて、ハイヒールが脱げた女も、PKがもらえる」

「だろうね」私はおざなりに言う。贔屓のサッカーチームのこととなると、三島は冷静さを欠き、熱くなりすぎ、煩《わずら》わしい。

「田中君、今のところ、本田君をどういう風に見ている？」

「精神の調子を崩しているようには思える。精神的な疾患の可能性もある」

「異常があるようには見えないがね」

「この、お先真っ暗な社会で生きているみんなが、精神の不調を抱えているんだと思う」

「確かに、君ですら、細君との離婚を前にまいっているわけだし」

その時、私の脳裏をふと、不吉な思いが過ぎった。唐突に、思いもしなかった角度から、こん、と木槌で叩かれた気分になる。本田青年の発言はすぐには受け入れにくいものだ。予知能力があるから、犯罪を未然に防ぐために、犯罪を犯しているのです、と言われて、すんなり現実のものとして受け入れられるはずがなかった。が、もし万が一、それが事実だとしたら、今、彼がこの家にやってきたのは、ただの偶然ではなく、何らかの意図があったからではないか。私は疑いたくなった。

つまり、本田青年は、私か三島を殺害しに来たのでは？

体の毛が、サッカーボールを弾くグラウンドの芝さながらに、ぴんぴんと逆立つ。時計の針の音がまた、部屋に響く。重力を無視し、床や天井、四方の壁を小人が爪先立ちで徘徊しているような感覚になった。

「どうかしたのかい、田中君」三島は、私の変化に敏感だった。

「いや、もしかしたら」

「彼が今日、ここに来たのも自分の使命を果たすためではないか？　そう思ったのかい、田中君」

三島が同様の憶測を巡らせていたことに、驚く。すぐには返事ができない。

「だとしたら、君を殺しに来たのかもしれないな。田中君」

私はまじまじと、友人を見る。

「だって、僕は人を殺す予定なんてないのだし、君はもしかすると、ほら、別居中の細君かもしくは、浮気相手を殺害したいんじゃないのか。それを彼に見透かされているのかもしれない」

トイレで水が流れる音がした。本田青年が戻ってくる。

7

目の前にふわりと浮かんだボールが、前方の右タッチライン近くに立っている彼のもとへと落下していく。試合終了間近、たまたま選手たちが力を抜いた瞬間だったからか、誰もが立ち止まり、ボールの行方を眺めていた。美しい高原の、草が生い茂る緑の絨毯《じゅうたん》に、遠方から飛んできた風船が緩やかに降りてくるのを、その軌道を、場にいる誰もが見守るかのような様子だった。

彼が右足で受け止めると同時に、風船はボールに戻り、緑の草原は、たちまちグラウンドへ変わる。そこにはいつの間にか、のどかな草原ではなく、競技場だ。

ボールを持った彼の正面には、ディフェンダーが一人いる。駆け寄ってくる。彼は小さく跳ねたボールをすかさず左足で蹴り上げ、ディフェンダーの頭を越させた。勢い余ったディフェンダーは前のめりに倒れる。その間に彼は姿勢を崩しながら、転がるボールを追って、前へ走る。スタンドの観客が空気を破裂させるかのように、歓声を爆発させた。

中央から別のディフェンダーが追いかけていく。

彼は、左足で捉えたボールをスパイクの外側で蹴り、左へ弾く。ディフェンダーは慌てて止まり、ボールの動きに合わせ体を移動させたが、その時には彼はさらに、右側へボールを大きく蹴り出している。体重移動に失敗したディフェンダーは芝に膝をついた。

観客の興奮が、巨大な波となり、スタンドでうねる。

よし。そう思ったのは、審判だった。

これでゴールを決めてくれれば、すべて問題なしだ、と喜びを抑えながら審判は走る。

いつの間にかボールを持った彼はゴールエリアの角まで到達し、キーパーと向き合う恰好となった。

逆サイドから三人目のディフェンダーが左足を前に出し、右腕を上げ、滑り込んでくる。彼は追いついてボールを足で止め、急停止した。通過列車をやり過ごすように、ディフェンダーが行き過ぎるのを見送った後で、それはほんのわずかな時間であったが、彼は中央に向かい、ボールを叩く。シュート動作ができる空間をこじ開ける。

今だ、打て、と審判は思う。これで決まる、と。時計を見れば、まだ時間は残っている。

が、彼はボールを蹴れなかった。敵選手の一人が、それは最初に、ボールを頭上に越されたディフェンダーであったが、必死に戻り、滑り込んできたのだ。ボールは横に飛び、彼は芝に倒れた。

変幻自在のドリブルを見せ、ゴールへ突き進む彼を止めるために、そのディフェンダーは、死に物狂いのタックルを見せたのだろう。必死で、乱暴な動きであったに違いないが、その咄嗟の動きの中で、敵の足には接触せず、ボールだけ綺麗に蹴り出せたのは、賞賛に値した。

理想的なタックルだ、と審判は目を丸くし、悩む。どうすべきか、と逡巡した時間は短かった。今のプレイはファウルではない。が、世の中を見れば、事の大小はあれ、冤罪《えんざい》で溢れている。判定を間違えぬのは、神くらいであるし、少なくとも自分が神ではないことは、これまでの人生で証明されている。笛を吹き、手を出した。カードを取り出す。観客席からの声が爆発し、緑の芝の草原は、蛇腹が揺れるかのように波打つ。ＰＫだ。

8

トイレから戻ってきた本田青年は、ソファに座り、溜め息を吐いた。「実はまだ、混乱しています」

混乱しているのはこちらのほうだ、と私は言い返したかった。

「ええと、君にはさっきのメールが、本当に、試合結果じゃないものに読めたのかい。予知だったということ？」

「はい。人の名前と住所が書かれていて」と答えた後で、彼は、人名を読み上げた。どこかで聞いたことがある響きではあるが、珍しい氏名でもない。それから、都内の住所と日付が口に出される。

「それが犯人の名前？」私は言った。

「今から十年後の日付とはまた、ずいぶん先だね、田中君」と三島が首を捻る。「その名前が、加害者なのですか。十年後にその何某《なにがし》が、人を殺害する、と。さすがに、なるほどそうですか、とは受け容れにくいね」

「こんな風に、十年後の予知が届いたのははじめてのことです。いつもは一週間後であったり、せいぜいが一ヵ月後です。ちなみに、メールの最後には、数字があるんです」と言って本田青年は、ほら、と私たちに携帯電話を見せようとした。が、私たちが読んだところで、サッカーの試合結果としか受け取れないのだから意味がなかった。

「その数字にはどういう意味があるんだい」

「いつもは、一であるとか二であるとか大きくても五といった感じなんですが」

「今のは？」

「一万です」

「桁が違う」

「その数字は何を意味しているんだろうか」私が訊ねると三島は、「たとえば、事件が起きるまでの日数のようなものではないかね」と言った。確かに、十年後の予知であるのだとすれば、数字が大きいことの説明もつくかもしれない。

「そうではないんです」本田青年の目は、三島でも私でもなく、もう少し遠くを眺めているように見えた。「これはたぶん、被害者の人数です」

本田青年は説明を続ける。

彼は今まで、予知メールに従い、事件を未然に防いできた。厳密に言えば、事件を防ぐために、別の事件を起こしていたのだが、そうとは言え、すべてに対応できたわけではなかった。事件の起きる場所が離れていればさすがに出向くことは難しく、新幹線を使い盛岡まで、飛行機を使い福岡まで遠出をしたことはあったものの、様々な制約により見過ごさざるをえなかった事件もいくつかあった。そのたび彼は、事件が起きませんように、と祈ったが、ことごとくその期待は裏切られた。

「だから、実際にメール通りに事件が起きてしまったこともあるんです。そして、その事件のことを調べたところによれば、メールにあった数字は、被害者数と一致するのではないか、というのが僕の辿り着いた結論です」本田青年は、研究結果を上司に報告するかのような、淡々とした言い方を試みたが、すぐに、両手の中に顔をうずめるようにした。湧き出す感情を必死に抑えている。「いつも」と言葉を搾り出す。「いつも、縋《すが》るような思いでした。僕が行動しなくても、事件は起きないでくれるのではないか。あのメールは全部嘘で、世の中は平和なのではないか。そう分かればどんなに救われるか、と思いました。もしくは、あのメールが本当だったとしても、たとえば、営業社員にも地域の分担があるように、僕以外の誰かが、事件を防いでくれるのではないか、僕一人の責任にしないでほしい、とそう思っていました」歯を食いしばり、苦悩の言葉を漏らす本田青年は、見るからに精神的に疲弊していた。

私はどう声をかけるべきか分からず、唇を開けては閉じ、開けては閉じ、と繰り返す。

「被害者というのは、死者のことかい」私は細かいことが気になった。

「たぶん、そうです。重傷を負って、その後で亡くなった人も含まれるような感じですが」

「もし、数字が被害者の数だとしたら、一万という数はどう解釈すればいいのだろうね」三島は腕を組む。「一人の犯人が、一万人を殺害して回るのだとすると、かなり大仕事ですよ。通り魔界の伊能忠敬《いのうただたか》みたいなものではないですか」

どうしてそこで、伊能忠敬が出てくるのか私には理解できなかった。全国を歩き回り仕事を達成する、という部分に共通点を感じたのだろうか。

「一万人の被害者だなんて、それはもう、戦争の規模だ」私は言った。「その何とかさんが、戦争を起こせるとは思えないがね」

「なくもありません」本田青年が眉をひそめ、泣き出しかねない表情になる。迷子の幼児のようだ。「この人は政治家です」と携帯電話を指差した。

「え」三島の顔が強張る。

私も息を止めた。脇腹を殴られたのにも似た、驚きがあった。

「この人の名前、聞き覚えがありませんか。少し前に大臣に就任したのですが」

先ほど、本田青年が読み上げた人名を思い出す。言われてみれば、同名の政治家がいたようにも思う。三島も、私に目を向け、「田中君、これは有名な議員ですね」と顎を引く。何でもかんでも私に同意を得ようとするな、と怒る余裕もなかった。

「このメールを信じるのならば」本田青年は携帯電話を揺すった。と見えたが、実際には、携帯電話を持つ手が震えていたのだ。がたがたと小刻みに揺れ、それに近づけたもう一方の手も震えている。「十年後に、その政治家が、一万人の被害者が出るような、何か物騒なことを実行する。そういう知らせではないでしょうか」

「一万人の被害者が出ること？」私は咄嗟にはその内容が思いつかない。「それはたとえば」

「分かりません」本田青年はまた、両手で顔を覆う。「三島先生、僕はどうしたらいいのでしょうか」

「どうしたら、とは」

三島のその声に温度が感じられず、私は、彼の横顔を見る。

「この政治家をどうにかしないといけないのでしょうか」本田青年は、物騒で、おぞましい言葉を用いたくないのだろう、必死に言葉を探しながら、ぽつりぽつりと話した。

「大丈夫ですよ、本田君」三島ははきはき答えた。傍目からすればさほど変わりはないのかもしれないが、付き合いの長い私には、彼が先ほどまでとは打って変わり、投げやりになっているのが分かった。さっさと話を切り上げたがっている。「慌てる必要はない。そのメールが正しければ、事が起きるのは十年後だ」

「一万人ですよ」

「十年もあれば状況は変わるからね。人の心や政治の動向も右へ左へ移る。今の与党が明日の野党だ。十年後のある日の天気を記しているようなものですよ。今から、確定できるわけがないんだ」

それでも本田青年に納得できた様子はなく、心のもやもやを持て余し、ソファに座ったたまま、青い顔をしていた。

「ところで」三島がそこで口調を変えた。

何を言い出すのだろうか、と本田青年も興味を持ったのだろう、顔を上げた。「ところで、君はもしかすると、その件で僕の家に来たのかい」

「その件？」と本田青年がきょとんとする。

「ほら、予知メールだよ。もしかすると君のところに送られたメールには、僕たちのことが書かれていたんじゃないのかい。いや、僕ではなく、この田中君か。田中君はね、こう見えても、別居中の細君を恨んでいるからね。放っておくと物騒なことをしでかす可能性が高い」

「おい、三島」この男はいったい何てことを口に出すのか、と人格を疑った。

「君がそれを見越して、為すべきことを為しに来たのではないか、と想像したのですが」

「おい、三島」

「そうなんですか」本田青年は律儀なのか、三島の戯言を真に受けたかのように、真面目な顔で応じ、私を見た。

「そうなんですか、も何も。別居中なのは本当だけれど、恨んではいない。そもそも、浮気をしたのは私のほうだから、恨んでいるとすれば彼女だよ」

「逆恨みという言葉を知っているかい、田中君」

「知っているけれど、私は逆恨みなどしていないから。それに、その言葉を知っているかどうかでいえば、三島、君も知っているだろうに」必死に私は説明する。そうでもしなければ、本田青年が今すぐ、立ち上がり、どこからか拳銃を取り出し、「害虫駆除！」の精神で、私を殺害するのではないか、と怖かった。

本田青年は、三島の言わんとする意味がようやく飲み込めたのか、ああ、と言い、「そんなことはないです」と否定した。「ここに来たのは本当に、営業回りの一環に過ぎません」

「本当に？」三島が悪戯《いたずら》めいた目を、本田青年に向ける。

「本当に？」私は縋るような思いで、訊ねた。

「本当です」

「まあ、君もここで、『ええ、確かにその通りで、僕は、田中さんを殺しに来ました。田中さんは悪人ですからね』とは言えないだろうがね」

本田青年は顔を赤くし、力強くかぶりを振った。

「からかうのはやめてあげろよ、三島」

「からかっているわけではないのだよ。本当の話を知りたいだけだからね、田中君」

本田青年が帰った後で、三島と二人だけとなったソファで私は、「どうして君は、最後、本田君に関心を失ったんだい」と問い質した。

「田中君、いい加減、目覚めたほうがいい」三島はそこで、はしゃぐ子供を宥《なだ》めるような言い方をした。「あれはね、『デッドゾーン』です」

「デッドゾーン?」

「映画にあるんですよ。超能力と政治家と来れば、『デッドゾーン』と相場が決まっているのだから、あの彼もたぶん、その影響でああいった話を作り出したのでしょう」三島は強い断定口調だった。「でっち上げだと、僕は気づいたんですよ」

君はその映画が好きなのか、と訊ねると非常に嫌な顔をして、観たことはない、とあっさり答える。ずいぶん前に、「特殊能力を持った人間が、政治家と対決する物語」を発表した際、評論家たちから、「デッドゾーン」の二番煎じではないか、と揶揄されたことを根に持っているのだ、と嘆く。悔しさのあまりまだ観ていないのだが、おおよその粗筋なら分かる、とも言った。

「だからと言って、あの本田君の話まで、その映画と結びつけるのは短絡的ではないか」私は言わずにはいられなかった。「そんなことで、彼の相談を、あんなふうに打ち切ってしまっては問題が起きるかもしれない」

「田中君、問題とはたとえばどういうことですか」

「相談相手を失った彼が、手っ取り早く苦悩から解放されたいがために、大臣を襲おうとするかもしれない」

「大丈夫ですよ、田中君」三島は落ち着いたものだった。「彼が、超人であったとしても、僕はそうではないともう確信しているのだけれど、仮にそうだったとしても、一般の人間が大臣とそうそう簡単に会えるはずがない」

なるほど、と私は納得してしまう。

「それにもし、大臣が襲われるような事件が起きたら、仕方がないですが、その時は、僕たちが、あの若者のことを通報するほかないでしょうね」三島は言い、それでこの話題はおしまいとなる。

三島がリモコンに手を載せ、テレビを点ける。それから、別のリモコンを操作し、映像を再開させた。

画面に映るのは、群集の拍手喝采を受けながら、右手を天に突き出し、一直線に、弾丸さながらに飛んでいく、青い服と黄色いベルト、胸にトレードマークを付けた男の姿だった。

「田中君。やっぱり」三島は画面を見つめたままだった。「彼は一種の、スーパーマンかもしれないよ。空も飛べなければ、弾丸も跳ね返せぬが、一人でこつこつ悪事を潰している」

「でも、サッカーの試合結果と、犯罪予知の情報が、どう関連しているのか、さっぱり理解できないね」私は言う。

「それはそうですよ。そこには人知を超えた、方程式が介在しているんですから。田中君に理解できるわけがない。東京レッドジンジャーの勝利が、さまざまな連関の末、犯罪情報を導き出す。そういった繋がりがあるんでしょうよ、きっと」

「苦悩のスーパーマン」私は呟いてしまう。

「ああ」と三島が言う。「もしかすると彼の予言メールの話も、警備システムを導入させるための方便だったのかもしれない」

「恐ろしい殺人鬼がいるから、ホームセキュリティを設置しなさい、って?」

「そうです。不安と恐怖こそが最良の営業社員なんですよ」

9

朝の天気予報では、曇天《どんてん》が続くと予想されていたにもかかわらず、晴れ間が覗いた。強風のため、空を埋め尽くしていた雲が散り散りになり、薄く広がったからだ。

隠れていた太陽が顔を出し、マンションの四階、居間で眠っていた本田毬夫の顔を、カーテンの隙間から照らした。本田毬夫は、瞼越しに光を感じ、目を覚ました。体を反転させ、上半身を起こし、膝を曲げ、尻を床につけたまま左右を見る。「ママ」と呼ぶが、返事はない。足元に転がっていた、お気に入りの機関車の玩具に一瞥をくれる。

しんとした室内で、声を出す。いつもであればすぐに聞こえてくる母の返事がない。本田毬夫は立ち上がると、寝惚けたままの足をぎこちなく動かし、まずは台所に向かった。自分の前から姿を消した場合、母はたいがいそこで作業をしている。が、物音もなく、母の姿はない。玄関に続く廊下をまっすぐに行く。背伸びをする。ドアノブにぎりぎり触れる程度だった。胃から胸にかけて、不安が満ちはじめる。もちろん、幼い本田毬夫は、自らのその感情を、「不安」と認識することもできなかったのだが、薄暗い小さな球体が、体の芯の部分で、細かく振動しているような、そわそわとした思いに襲われている。居間に戻る。ママ、ともう一度、呼ぶ。カーテンが静かに揺れた。風を柔らかく受け止めるように、ふくらみを作っている。窓が少し開いているのだ、と本田毬夫は気づき、考えるより先に窓を開けた。

いつも本田毬夫は、昼食後に昼寝をすれば二時間は目を覚まさなかった。だから母親はよく、「この間に、日ごろはなかなか済ますことのできない用事を、たとえば買い物を済ますことができるのではないかしら」と想像し、そのたびに、「何かあったら危険だから、やめておこう」と自粛していた。それが今日に限り、今のうちに、クリーニング店に行ってきてしまおうと思い立ったのだ。

窓を開けたままでいたのは、高気密の室内はどうにも暑苦しさが付き纏っていたため、少し換気をしたほうが、息子も心地良く眠れるのではないか、と配慮したつもりだった。

本田毬夫はベランダに出る。室内の床とは異なり、裸足にひんやりとした冷たさを覚える。ベランダの隅にタイヤが積まれていた。二つずつ、二ヵ所に置かれている。マンション一階のトランクルームに入りきらなかった、冬用のスタッドレスタイヤだ。本田毬夫は迷わず、そのタイヤに近寄ると、よじ登る。両手を置き、腕に力を入れて、肩と肘を使うと上に立てた。ベランダの手すりをつかみ、外を眺めた。

四階から見下ろす景色に、特別な感慨は抱かなかった。空を覆いつつ、形を変え流れていく白い雲も、彼からすれば背景の一つに過ぎない。おうちの中ではなく、外だな、といった認識でしかない。

そして彼は、ひたすらに母親の姿を探した。手すりから顔を出し、下を覗く。歩道がある。真上から、歩道の模様を眺める。小さな黒いものが、行き交っていることに気づいた。人の姿だと認識した彼は、ぐっとさらに前のめりになり、目を凝らす。すると左から大きな袋を抱えて小走りにマンションに接近してくる女性がいた。

母親だ、と本田毬夫はすぐさま察した。豆粒ほどの人影からは、顔は把握できなかったが、その歩き方や服装、何よりも、息子としての直感から、母親であることを確信した。

「ママ」

言ったと同時に、本田毬夫の体は手すりを乗り越え、前方向に回転した。頭の重さで体が傾けば、あとは手すりを中心に、ぐるりと容易く、回る。本田毬夫は宙をそのまま、重力に従い、落下する。地面までの距離を考えれば、時間は二秒にも満たなかったはずだ。が、本田毬夫は、ずいぶんと長い時間、落下し続けている感覚でいた。

何が起きているのか、迫り来る地面が何を意味するのか、当然ながら本田毬夫には理解できなかった。ただ、彼の無意識は、その危険を察知している。落下の速度が尋常ではない。彼の脳の中の神経細胞は活性化し、生き延びるための情報を探しはじめる。緊急警報が鳴り、頭の記憶庫が片端から開いていく。誕生してから三年しか経過していない、その脳には、落下を止める方策はもちろんのこと、それ以外の情報もほとんど入っていなかった。出てくるのは、駅で観た電車の走行する姿、アニメのキャラクター、父の怒る声、母の顔、だ。そこに紛れるように、ひゅうっと横切った風が、「君には役割があるからね」と囁いたのだが、その言葉は彼の頭にすっと沁み込み、消える。「これが、こうなります」と説明をする何者かの声も聞こえた。

落下する途中、視界の隅に、両手で顔を覆う母が見えた。

体が何かに、誰かの胸に、ぶつかる。首が揺れ、目だけが飛び出し、跳ね回るように感じた。

10

円形の店内の中央には、円形ステージがあり、その周囲に円形のテーブルが並んでいた。ステージ上のピアノは無人だ。

この店はすでに警備システムの契約をしているかしら、と警備会社のステッカーを探してしまう自分に笑いそうになる。職業病と呼ぶべきなのか。

平日の夕食時だったが、店は貸切で、立派な服を着こなした男性給仕が一人立っている以外、他に人は見当たらなかった。つまり、その時間、料理を前にしているのは、一番奥のテーブルに座る、本田毬夫と大臣の二人のみだった。

本田毬夫は、まっすぐに大臣の顔を見ることができない。テレビや新聞では何度も見ていたが、対面すると印象は少し違った。

この人が、と本田毬夫は考えずにはいられない。運ばれてきたオードブルに、手をつける余裕もなかった。この人がいなければ、今、自分はここにいないのだ。

「どうして、僕を探してくれたんですか」本田毬夫は訊ねた。五日ほど前のことだ。敬愛する作家、三島の家を訪問する機会に恵まれ、十年後の重大事件の加害者を記したメールが届いた後だ。突然、広島に住む母親から電話があり、あの大臣がおまえに会いたいそうだが電話番号を教えておくよ、と連絡があった。命の恩人とついに対面する時が来たんだよ、と。ほとんど絶縁状態に近かった母からの電話は、思っていた以上に不快感がなく、嬉しかったが、「大臣からの接触」が現実のものとは思えず、少し戸惑った。新手の詐欺ではないかと疑いたくもなった。

ただ、すぐに、会うことを決めた。

このタイミングで、大臣と会える機会が訪れるのは、偶然以上の意味合いがあるようにしか思えなかったからだ。

三島の家でメールを受信し、その氏名を読んだ際、本田毬夫はそれが、あの大臣、二十七年も昔に、マンションの四階から落ちた自分を受け止めてくれた、あの大臣の名であるとすぐに分かった。分かった途端、全身が総毛立った。

僕は、あの大臣を殺害しなくてはいけないのか？

「ずっと、あなたのことは気になっていたんだよ」大臣は穏やかに口元を緩めた。「私も、あんなことは人生で一度しか経験したことがないんだから、気にならないわけがない。落ちてきた赤ん坊を受けとめるだなんて」

本田毬夫はうなずく。フォークを動かし、口に野菜を放り込むが、野菜の種類が何であるのか、色も見ていなかった。味も分からない。

「僕は」と本田毬夫は打ち明ける。「僕は、大臣のことをよく見ました。母や父はよく、テレビ番組を録画したり、新聞記事を切り抜いたり」

おまえを救った恩人だ、と両親は、本田毬夫に始終、言って聞かせた。母親が語る、「キャッチの瞬間」の場面については、年を経るに連れ、演出や誇張、修正が加わり、より劇的なものに変わった。

大臣は弱々しく、照れ臭そうに笑い、下を向き、ナイフを置いたが、そのナイフの先を見て、本田毬夫は緊張する。

「いえね、今の私がいるのは、あなたのおかげなんですよ」

「僕の？」

「あなたを救ったことで、私の知名度は驚くほど上がった。当時はまだ、初当選したばかりの新人で、私の党の勢いはすでに失速しかかっていたけれど、あなたのおかげで、私は議員を続けられた。あなたを受け止めて、腕の骨が折れたことなんて、安いものだった」

「それを言うのならば、僕は文字通り、大臣のおかげで、今ここにいられるんですよ」

大臣が目を細める。皿が下げられていくのを、見守りながら、「この間、ふとあなたに会っておこうと思い立って」と言った。

「どうしてですか」

「特別な理由ではないんだ。たまたま、だ。たまたま、居酒屋に行って、そこでふと閃《ひらめ》いた。あなたにそろそろ会ってもいいのではないか、と」

居酒屋、と聞き、本田毬夫は数日前に読んだ週刊誌の記事を思い出した。「大臣が、庶民的であることをアピールするために、居酒屋に出向いていたが、酔った若者と絡んでいるだけで、まるで楽しそうではなかった」とその記事は揶揄していた。たまたま、その場にいた男が、写真を隠し撮りしていたらしい。目撃者たる彼が言うには、「大臣は、『資本主義は行き詰ったら、戦争でも起こすほかない』と酔いながら、叫んでいた」とのことだった。本田毬夫は、眉に唾をつけ、その記事に目を通したが、それにしても、「戦争」という言葉からは目を逸らせなかった。この大臣が十年後に、一万人の被害者を出すとするならば、それは、規模の大小はあるにしても、「戦争」とかなり近いものではないか、と想像することはできたからだ。

本田毬夫は横に置いたバッグに目をやる。

入り口で、ボディチェックや手荷物確認をされると覚悟していたが、それはなかった。荷物は預かりますよと給仕が声をかけてくれたのを断ることもできた。

「どこかで、記者さんが見ているかもしれませんね」本田毬夫は、誰もいない店内を見渡す。「僕と会っていることを、面白おかしく記事にしたり」

「あなたには申し訳ないが、そうなったらもう仕方がない。後ろめたいことはないし、書きたい人間はいくらでも書きたいものを書く。人は、信じたいものを信じる。空は青く、海は広く、政治家は叩かれる。臆病は伝染し、男は浮気をする」どこまで本気か分からないが、大臣はリズミカルに顔を揺らし、笑った。「でも大丈夫ですよ。本当に誰もいない」

「盗聴器が仕掛けられているとか？」本田毬夫は半ば真剣にそれを気にかけた。

「もしくは、お店の外で、誰かが壁に耳をくっつけていたりするのかもしれない」大臣は冗談めかした。

本田毬夫は、壁の外側にしゃがみ、こちらの様子を窺おうとしている人の姿を想像する。

スープが運ばれてきた。器は、緑のスープに白のクリームがかかり、小さな湾のようだ。緑の海が形を変える。

「この間、チャップリンの映画を観たのですが」本田毬夫は、何か喋らねばならない、と焦ったわけでもないが、脈絡なく言った。「そこで、こういう台詞がありました。『ひとりひとりはいい人たちだけれど、集団になると頭のない怪物だ』と」

頭にふと絵が浮かぶ。大臣が旗を振り、それに呼応し、大声で喚き、行進する集団だ。物騒な暴徒であるのか、何らかの役割をこなす群れであるのか。

本田毬夫は料理に意識を向けようと心がける。フォークをつかむ手に力が入る。もう片方の手をそっと動かし、一本ずつ指を引き剝がすかのようにし、フォークから手を離したくなるほど、緊張で体が強張っている。

もし、将来、ヒトラーとなる赤ん坊が目の前にいたら。

頭に浮かぶのは、そのような設問だった。

今、自分に課せられた決断もそれに似ている。

その、無垢にしか見えぬ、天使さながらの赤ん坊の命を奪うことができるのか。そして、それは正しいことなのか。

そもそもメールからのメッセージを信じ、殺人を犯す自分は、正しいのだろうか。犯罪者以外の何物でもない。

「私はね」と大臣はぼそっと言った。「この二十七年間、あなたに、『ああ、こんな男が自分の命を救ったのか』とがっかりされては寂しいからね、そうならないように必死だったんです」と子供のように笑った。「だから、本当に感謝しています。おかげで私は意外に真面目に政治家の仕事をやれています」

「意外に、ですか」

「私は今、問題を抱えていてね」

「健康面の？」政治家の抱える問題とは、まずそれではないか、と安直に想像した。

バッグの中の携帯電話が振動しはじめたのは、その時だった。はっとバッグに手を入れる。一瞬、電話を取る素振りで、銃をつかみ出すべきだ！　と本田毬夫の頭を声が過ぎった。これこそ、大きな力が、「今がその時！」と伝えてきた合図なのではないか、と。

が、本田毬夫は決心がつかない。携帯電話を見て、それが会社からであることを確認し、溜め息を吐く。「ちょっと、電話に出てきていいですか」

「どうぞ。出てください」大臣が言う。他に客はいないのだから、この場で電話に出ても問題ありませんよ、とも続けた。

本田毬夫は首を左右に振る。席を立ち、ちょっと込み入った話になるかもしれませんので、外で話をしてきます、申し訳ありません、と返事をし、頭を下げると携帯電話をつかんだまま、出口へと小走りに向かった。

会社からの電話はおそらく、営業成績の定期確認に違いなく、込み入った内容ではないと分かっていたが、いったん、外に出て、緊張を解《ほぐ》したかった。風に当たれば、頭も整理できるのではないかと期待した。

出入り口近くにいた女性給仕に会釈し、重い扉を開き、外に出る。風が小さく吹く。繁華街から少し離れてはいるものの、高級な飲食店や宿泊施設が集まっている場所だった。

正面には、老舗《しにせ》ホテルがある。歴史を感じさせる古めかしい壁は、暗い夜の中でも厳《いかめ》しさを漂わせていた。

後ろを向き、壁の近くに体を寄せ、受話ボタンを押す。

会社からの電話は、予想通り、大した用件ではなかった。二言三言受け答えをしたら終了し、本田毬夫は携帯電話を尻ポケットにいったん、入れた。そして気持ちを落ち着かせるために深呼吸をしようと振り向いたところに、見知らぬ男たちがいた。

全員が背広を着て、ネクタイを締めていたのだが、紳士然とした集団とはまったく見えず、むしろ画一的な服装で個性を殺し、野蛮な振る舞いの匂いを隠そうとしているように見えた。

急に首元をつかまれ、捻り上げられた。息があっという間にできなくなる。目の前の背広の、髪をきっちり分けた男がぐいぐいと首を絞め付けてくる。苦しさに頭が混乱し、呼吸が乱れる。そのうちに腹に感触があった。筒を押し当てられているのが分かった。銃だ。ぐいぐいと威圧的に押してくる。男性器を押し付けられるようで、嫌悪を覚える。

「大臣、中にいるんだろ」男のうちの誰かが囁くが、その囁きは、夜の湿った暗さの中でよく響いた。

本田毬夫は返事ができない。喉を絞め付けられていることもあったが、それ以上に、この明らかに物騒な男たちが大臣に何の用があるのかと気になり、声を出すよりも頭を回転させるほうに意識が行った。友好的な話をしに来たのでも、正式な陳情をしに来たのでもないだろう。彼らは全員、手に武器を持ち、ひりひりした殺気を発散させている。その気配に刺激され、本田毬夫の鼓動も速くなる。

「この男を楯にして中に入ったらどうか」

集団のうちの誰かが、もしくは複数が、そう言った。やめてくれ、と体を捻る。警備会社の営業社員である自分がこのように不意の暴力に翻弄されていることが、何か、油断をたしなめる諺《ことわざ》にでもなりそうだ、と思えた。

後頭部を殴られた。視界が一瞬、光り、気づくと膝が折れ曲がり、地面に四つんばいとなっていた。さらに背中を上から踏まれ、その場にぺしゃんことなる。

彼らはまず、本田毬夫に一通り暴力を振るい、反抗する体力や気力を失わせ、雑巾のような状態にしてから、楯として使う算段のようだった。情けなく倒れた本田毬夫を寄ってたかって、蹴ってきた。爪先の一つが脇腹に入り、呻く。苦しさに、粘りのある涎が垂れ、息ができない。嗚咽《おえつ》し、胃の中の物を吐き出しそうになる。今、食べたばかりの料理が出てくるのも時間の問題だった。口をとじる。恐怖と情けなさが、皮膚という皮膚から噴き出しそうだ。

顔を地面に押し付けられていた。目を開けるとすぐ前に、革靴が見える。背広の男の一人がそこに立っているのだ。

これから、この男の頭を思い切り踏んでみせよう。たぶん、前歯の一つや二つ折れることだろう。どうぞお立会い。

その男はそのような口上を述べていた。嗜虐的《しぎゃくてき》な喜びが滲んでいるのが分かり、本田毬夫は鳥肌が立つ。歯や鼻が固い地面に衝突すれば、その痛みは酷いだろう。やめてください、と懇願するが聞き入れてもらえない。

「は？　何て？」

やめてください。

「は？　ちゃんと言って」と彼らは笑う。

風が強く、どこかで鳴った。

目の前にあった革靴が消えた。靴だけではなく、そこに立っていたはずの男が勢い良く、どこかへ飛んだのだ。彼らの発した悲鳴だけが、その場に残った。

いったいどうしたのだと思うと別の男の、「ひい」という声が響き、また風が鳴る音がすると同時に、さらに人が消えた気配がある。

うつ伏せになっているため、背後で何が起きているのかは見えなかった。

それは、空から近づいてくる。空気を裂く風の音とともに、たとえば大きな嘴《くちばし》を持った怪鳥が、鋭い角度で滑空し、背広の男たちを一人ずつ啄《つい》ばみ、放り投げる。そういった場面が頭に浮かんだ。

次第に呼吸が落ち着いてくる。

自分を取り囲む者たちの息を感じなくなる。

恐る恐る立ち上がり、脇腹の痛みにぎょっとしながらも辺りを見れば、背広の男たちはどこにもいなかった。

ひゅん、ひゅん、と空気が掻き混ぜられるかのような音が気になり、左右を見た。やがて、それが向かい側のホテルの正面入り口から聞こえてくるのだと分かった。エントランスに設置された回転扉が高速で回っているのだ。異常な速さだった。ヘリコプターのプロペラが回るのにも似ている。

誰がいったいあの速さで、扉を回転させたのか、と啞然とするが、そこで本田毬夫はすぐに視線を上にやった。黒い空に雲はなく、薄くなったバナナの形を髣髴《ほうふつ》とさせる月があった。

作家の三島の家で見た、映画の場面が頭を過ぎっていた。ヘリコプターから落下する女性を見事に救出する、空を飛ぶ、マントの男だ。

耳元に気配を感じ、はっとする。横に人がいた。突如として、そこに現れた。赤い布がちらちらと揺れているのが、目の端に映った。が、横を向き、確認することはできなかった。見てしまったら、この、彼の存在を認めざるを得ない、最早、引き返せない。とそういった怖さがあった。

「君も闘っているのか」隣にいると思しき男の声がした。目の端に、ちらちらと青い生地の服が見える。

「え」

「俺たちは楽じゃない」と男は言った。

返事に困っていると、すっと空気が軽くなった。人影が消えたのが分かる。

目をこする。

視線を上にやる。颯爽と空を飛び、去っていく人影がどこかにあるのではないか、青色の服と赤のマントを発見できるのではないか、と目を凝らすのだが、見当たらない。直後、本田毬夫の目からは、涙がとめどなく流れる。先ほどの、あの青い服の男は何とスマートで、美しいのか。

店内はがらんとしている。中央の壇に置かれた黒い本格的なピアノが、その貸切の部屋を見張る、四本足の動物のようにも見えた。入り口から目をこすりながら、本田毬夫が歩いてくるのが窺える。奥に位置したテーブルに近づいていくとそこには、背広を着た男が座っていた。大臣だ。彼は、「会社からの電話、大丈夫だったかい？」と戻ってきた本田毬夫を穏やかに迎えた。

「大丈夫でした」本田毬夫が答える声が聞こえる。彼の目は赤い。ゴミが入った、と言い訳をし、瞼をこすっている。先ほど、暴漢たちに襲われたショックをどうにか抑えているのが見て取れた。

「ちょうど、肉料理が出てきたところですよ」大臣が皿を指差す。

本田毬夫が胸元にナプキンを入れたが、そこでテーブルの上の携帯電話が短く、震えた。メールを受信したらしく、本田毬夫は一言詫びてから、その場で携帯電話を操作した。

表情が変わった。

「どうかしましたか」スープを綺麗に平らげた大臣が訊ねる。

いいえ、と本田毬夫は返事をする。そして、大きく息を吐き出す。溜め息とは異なり、安堵による脱力感があった。

「これを、読んでいただけますか」と彼は、大臣に携帯電話を渡した。「サッカーの試合結果なのですが」

ナプキンで口を拭いた後で、大臣はメールを読んだ。「何と」と声を上げた。「八百長とは」

目を凝らし、そのメールの内容を盗み見れば、件名に、「前節の試合が無効となったことについて」とあるのが分かる。

浮かび上がった本文にも目を走らせた。

サッカーリーグの公式審判の複数人が、サッカー賭博に関与していたことが明らかになった、と書かれている。そしてその審判のうちの一人は、前節の、東京レッドジンジャーの試合で、不正に、敵チームにPKを与えたことを認めたため、協議の結果、無効試合とすることが決まった。メールにはそうあった。

「ああ」と本田毬夫は呻き声を出す。それからすぐに震える息を出し、鼻の穴を膨らませた。「何てことが」とぼんやりと洩らす。

「あなたもメールを読んだんだろうに」

「僕には少し違う内容に読めたのです。誤報だったんですね」

「誤報とはまた少し違うのかもしれないよ。審判が八百長に関与していただけなのだから」

「いえ、誤報でした」本田毬夫は口の両端を僅かではあるが、持ち上げた。「実は」と話をする。「実は、大臣が将来、大きな間違いを犯すと思っていたんです。そういう情報があって」

「おいおい、どういう話だい、それは」

「でも、誤報でした」本田毬夫の体から力が抜けたのか、その場で椅子からずり落ちそうになっている。サッカーの結果が変われば、あの、恐ろしいメールの内容にも変化を及ぼす。そういうことなのだろうか。「大臣の件は誤りでした、と今のメールに書いてありました」

「よく分からないが」大臣が心配そうに声をかける。「君は、大丈夫なのかい」

本田毬夫の目の端にじんわりと涙の粒が浮かんでいる。が、彼本人もそれには気づかないでいる。こみ上げてくる笑みを、涙が堰き止めているようでもあった。

「心配事が解決でもしたのかな」大臣が気にかけてくる。

「今のところは」

そう、今のところは、だ。

先のことは分からない。

料理を運んできた給仕の滑らかな動作を目で追いながら本田毬夫が、「でも、先ほどの話ですが、審判は立派ですね」と言った。小声ではあるが、聞き取れる。

「立派？　どの審判のことだい」

「八百長の話です」

「八百長に加担したのに、立派なのかい」

「そのうちの一人が、不正を認めたのがきっかけになったみたいじゃないですか。この間、ある人から教えてもらいました。自分の過ちを認めるのは、何よりも難しいことだ、と」

大臣はまっすぐに、本田毬夫を見つめている。

「間違いは、それを正すのを拒むまで間違いとならないそうです」

じっと黙っていた大臣は少ししてから、「そうか」と言った。「過ちを認めることから、はじまるものもあるのかもしれないな」

「かもしれない、じゃないですよ。たぶん、そこから物事ははじまるんです」

本田毬夫のしっかりとした物言いを耳にした後で、俺は、「よし」と呟いている。

室内の大臣も、「よし」と言ったのが、こちらからも分かった。

俺は壁から体を離す。すると、壁に浮かび上がっていたレストラン内の光景が、それは円形の、虫眼鏡で囲んだものにも見えるのだが、それが、しゅっと萎み、聞こえていた屋内の会話も、ふっと消えた。息を吐く。「あんた、レストランにくっついて何してたんだよ」と背後から声をかけられた。振り返れば、背広姿の男が酒のせいで顔を真っ赤にし、呂律の回らぬ口で言ってきている。「立小便かよ」

俺は答えず、足元に目をやった。黒と茶色の毛のまざった猫が座り、無邪気な鳴き声を上げる。

首を傾け、視線を真上にやった。奥行きのはっきりしない、夜の空がある。右腕を天に向けて伸ばし、宙に浮かぶ自分を思い描く。と同時に、足が地面からすっと離れた。

レストランの外壁の隅に取り付けられたカメラが、男の姿が忽然と、上空に消えた瞬間を捉えていた。横に残された、猫と酔った男も映っている。少しすると、カメラの視界から、猫だけが消える。

密使

僕

きっかけはポータブルゲーム機の予約だった。その月の十日に予約開始と発表されており、深夜、ノートパソコンの前で準備万端、待ち構えていた。大学生活も半年が経過し、一人暮らしにも慣れ、怠惰な日々を送り、唯一の悩みが、「ゲーム機の予約が無事にできるかどうか」であったのだから幸せというほかない。

十日の何時から予約が開始されるのか定かではなかったものの、インターネット上では、「十日になると同時に、小売店のサイトでは予約受付を開始するだろう」と情報が流れており、だから十日の零時前、九日の終わりから早い者勝ちの競争に挑むことにしていた。

実はその日、短大生の女子との飲み会があった。が、ゲーム機予約の使命のある身としては、一次会が終わると帰らずにはいられない。すると、幹事の男に、「三上《みかみ》、もう帰るのか。二次会があるのに。おまえの高校時代の、体操部の話は確実に女子に受けるのに」と止められた。高校時代に、自分の性器を咥《くわ》えようと試行錯誤を繰り返していたところバク転ができるようになった、という話は、もちろんそれは実話ではないのだが、僕たちが飲み会で披露する馬鹿話の定番ではあった。が、体調が悪いと嘘をつき、謝り、その場を後にした。「おい、三上、早く体治せよ」と言い、友情の握手を交わそうとする幹事はどこか芝居がかっていたが、僕が手を握り返すとなぜか女性陣が笑った。気をよくしたのか、他の仲間も手を握ってきた。みなに見送られ、ゲーム機のために家に帰った。

パソコンで目当てのサイトを表示させる。パソコンの横にはデジタル時計を置いた。携帯電話で時報を聞きながら、時刻も合わせる。零時になると同時に、正確にはその数秒前に、サイトを読み込み、予約用のボタンが出現したならば、すかさず申し込み処理をするつもりだった。予行演習として、何度もマウスをいじり、自分の名前や住所を素早くキーボードで叩く。いっそのこと住所はコピーして貼りつけるべきか、とコントロールキーを使い、瞬時の入力を試した。

いよいよ零時が近づき、こんなことで高鳴る自分の心臓に情けなさを感じながらも、パソコンを見つめた。デジタル時計に目をやり、秒読みをする。残り一秒で翌日の十日になる、というその瞬間、キーを威勢良く叩いた。

画面が動かない。

この大事な時に故障か。いや、全国で多くの人がこのサイトを見ているのだからサーバに負荷がかかってしまっているのか。

その時点では何が起きたのかを理解できていなかった。

デジタル時計が、「23：59」で止まっていることに気づいた時点で、「おや」と思った。

時計まで固まってしまったのか、と呆れる。壁にかけた時計にも目をやるが、それも零時直前で停止している。今度は、テレビをつけてみようとした。が、リモコンを探して手に取った時には、デジタル時計は十日の零時を過ぎており、モニターも無事にサイトを表示していた。壁の時計の秒針も動いている。予約競争には、敗北した。秒単位でサイトを巡回し、自動で注文を行うフリーソフトが世の中には出回っている、そのことも知らなかったのだ。

私

「これが、こうなります」前にいる、青木豊《あおきゆたか》計測技師長が言うのを聞き、私は、ダイエット商品の広告を思い出した。贅肉のついた腹の出た写真と、すっきりとした腰回りの写真が並ぶ、よく見かける種類のものだ。広告は、「これが、こうなります」と説明してくる。「もちろん、こちらの、痩せているほうがよろしいに決まっていますよね」と無言のアピールをしてくるわけだ。青木豊計測技師長も同様の気持ちに違いなかった。「こちらのほうが良いですよね」と。

先日見た、ダイエット商品の広告コピーはこうだった。「こんな特別なやり方があるのです。あなたの知っているやり方よりも、もっと効率的で、ずっとリーズナブルなものが」

彼の説明のはじまりは二十分ほど前に遡《さかのぼ》る。

白い、サイコロの内部のような個室で、私は彼と向き合っていた。その男、青木豊計測技師長は、五十歳前半にしては白髪が少なく、きっちりと七三に分けられた髪型を含め、背広姿のせいでもあるのかもしれないが、研究職に従事する者とは思いにくい。が、ある種の権限を持った管理者であれば、事務仕事が多いに違いなく、だとすれば、この雰囲気でも違和感はないのだろう。私は自分なりに納得した。

彼はまず、「タイムパラドックスの話はご存知かと思います」と話しはじめた。二十歳近く年下の私にも、彼は丁寧な言葉遣いを、むしろ敬うような言い方を、した。私の座る椅子は革張りの豪華なもので、クッションも効いている。

「ああ、聞いたことはあります」私は答えた。「過去にタイムトラベルして、出産前の母親を殺害しちゃった場合とかのことですよね。親が死んだら、自分は生まれてこない。あれ、じゃあ、今ここにいる自分はどうなっちゃうの？　という矛盾ですよね」

そうですそうですよくご存知で、と彼は言う。誉めてもらえるのはやはり心地好い。「その矛盾が起きないために、どういう考え方がされているのか、ご存知ですか」

「昔、見た映画では、過去にタイムトラベルしても、矛盾が起きる行動はできない設定になっていました。自分の母親は殺せない、とか」

「そうですね。ただ、実際はそうではないと今は考えています」学説の説明というよりは、彼自身が仕える信仰について話すかのような、個人的なものに思えた。「たとえば、です。今、私やあなたのいるこの世界を、Ａとします。そして今、あなたが過去にタイムトラベルをしたとしましょう」

「たとえば、ですか」

「そして、あなたの恋人が事故に遭うのを防いだとしましょう」

「いや」私は俯き、苦笑する。「もともと恋人はいないのですが」

青木豊計測技師長は表情一つ変えなかった。「存じ上げております」と言い、「仮に、です」と語調を強くした。「仮に、あなたに恋人がいたとします。美人で、気立てが良い、恋人が。しかし、今から十年前に交通事故により死亡している。このＡの世界では、そうなっていたとしましょう」

「なるほど。過去に行って、私はそれを未然に防いだわけですね」話の先を読む。

「そうするとどうなるのか。新しい世界に分岐することになるわけです」

「新しい世界に？」

「あなたは過去に行き、恋人を救いました。その、あなたの恋人が生きている世界のことを、Ａ′としましょうか。あなたが過去に行き、恋人を救ったとすれば、それ以降の世界はＡ′となります」

「私の状態は、いったいどうなっているんですか？」

「混乱してしまいますが、つまり、その時点でその世界には、Aの世界から恋人を救いにいったあなたと、もとからA´に生きる十歳若いあなたの二人が存在していることになります」

「ちなみに、もし私がまたタイムトラベルをして、『現在』に戻ってきたとすれば、その、戻ってきた世界というのは」

「Aです。あくまでも、あなたはAの世界から出かけた人間ですから、戻ってくればそこはAの世界です。恋人は死んだままです」

私は首を傾《かし》げずにはいられない。「ええと、私が過去に行って、行動したから、A´の世界が生まれた。そういうことでよろしいですか」

「いえ、もともと、分岐点はありました。A´はもともとその時点から、枝分かれすることにはなっていたんです」

「私が過去に行く前から？」

「時間を、過去から未来に進むものと考えていくと混乱します。そうではなく、過去も今も未来も同時に存在している、と考えるべきかもしれません。たとえば、国道ではさまざまな分岐点、交差点があります。あなたはハンドルを操作し、好きなところで別の道に入れるわけですが、それは、あなたがハンドルを切り、アクセルを踏んだから、交差点ができたわけではありません。もともと、交差点は用意されているのです」

「どこに？　分岐はいったいどこに用意されているんですか」私は思わず、そんなわけがないと分かっているにもかかわらず、自分の座る周囲を見てしまう。そこここに分岐を判断する旗でも立っているのか、と思ったのだ。「たとえば、私がここで頬を掻くか掻かないかでも、世界は分岐するんですか？」

「私たちが理解した範囲では、人の仕草やわずかな動きが分岐となるとは思えません。そのようなことになれば、世界は分岐で溢れることになります。プログラムの、無数の判定文、if、switch、else や case で埋め尽くされたものになるでしょう。とはいえ、いったいどういった出来事で、世界が分岐するのかどうか、実はよく分かっていないのです。世界が分岐することは分かっています、どのように分岐しているのかも把握できています。が、では、どういった法則があるのかは分からないのです。あの、ファインマンの有名な言葉を思い出してください。『物理学者たちは、チェスの試合を観て、チェスのルールを探り当てようとしている』わけです。私たちは、世の中の現象を観測し、その法則性を見つけようとしています。ルールブックは誰も持っていないのです」

青木豊計測技師長をまじまじと見つめる。

彼は構わずに話を続けた。「世界がA、A′、A″と複数存在しているという考えは、そもそも、ミクロの世界の話、量子論から来ているのはご存知かと思います」

「ご存知ではないです」

「電子は波の形をしており、それは同時にあそこにもあれば、ここにもあるという状態なのですが、私たちが観測した瞬間に、一つの場所に止まって、粒になる。これについてはご存知ですよね」

私としては一般常識を疑われているような屈辱を感じずにはいられない。「昔はご存知だったかもしれません」と濁す。「だけど今は、ご存知じゃないんです」

「ミクロの世界では、そういったことが成り立っているのです。私たちの世界で、電子はある一箇所に存在しています。同時に、ほかの世界では別のところに存在しています。観測するまでの間、電子は、私たちの世界だけではなくて、ほかの世界にもまたがって存在している。そう解釈されるわけです。でも、まあ、ようするにパラレルワールドがある、と思っていただければ、良いかもしれません」

「パラレルワールドはご存知です」ようやく私の知っている話になり、ほっとする。が、そのパラレルワールドにしたところで、私が知っているのは、映画や漫画の話に過ぎなかった。

「時間にはさまざまな分岐点が存在し、そこから枝分かれをし、いくつもの世界がある。ここまではよろしいですか。ここで最も重要なことは、次のことです」

さて何でしょうか、と私はメモを取りたくなる。

「『今、ここにいるあなた』は、あくまでもこの世界Aにいるあなたであって、A′にいるわけではない、ということです」

よく分からなかったが、うなずいた。

僕

次に疑念を抱いたのは、一週間後だった。経済学の講義が教授の都合で急遽、休みとなったため、僕と友人たち合わせて十人ほどで、草サッカーをすることになった。講義棟の裏手を少し歩いていくと河川敷に出る。ボールさえ調達すれば、サッカーができた。五人対五人で走り回り、結局、同点にて時間切れとなった。久しぶりの運動であったから肩で息をし、全員がしばらく、まともに喋ることもできない。呼吸を取り戻すと、僕たちは半分はふざけて、もう半分は本当の仲間意識を持ち、全員と握手をし、いい試合だった、と笑い合った。

問題は、その日の夜、やはり零時だ。借りてきたＤＶＤを見ていた。財布を盗むスリが、物騒な業界の凶悪なグループに目をかけられ、その技術を悪用される話だ。後半の銃撃戦を眺めているうちに日を跨ぐことになったのだが、途中で画面が停止した。ＤＶＤのエラーなのかとげんなりし、リモコンをいじくる。

そして、壁の時計に目をやった。理由はない。ふと気にかかっただけだが、秒針が、零時になる直前、五十九秒といったところで止まっている。どこかで見た光景だと思い、先だってのゲーム機予約のことを思い出した。

とっさにこう考えた。

零時近くになると電子機器が、電池で動く時計を含め、おかしくなるのだろうか。

翌日、友人たちに話したところ、もちろんその時点では隠す必要があるとはまったく感じていなかったからだが、彼らは少しばかり関心を持った。つまり、三十分ほどはその話題で盛り上がれる程度の、興味を覚えてくれた。ポルターガイスト現象であったり、電磁波であったり、最近の機械の壊れやすさであったり、そういった話を延々と続け、結論めいたものは何一つ出ず、唯一現実的な方針として、「今晩も同じＤＶＤを観てみろよ」という案が出た程度だった。

同じ映画を二晩続けて観ても退屈かもしれないが、同じことが起きるかもしれない、と。

素直であり、暇である僕は夜に同じDVDを観た。二晩続けて観ても充分楽しめる映画であったのは意外だったが、同じことは起きなかった。

この程度のことでは、がっかりもしなければ、徒労感もない。機械の調子が悪かったのだろうな、と思っただけだ。

それから僕が、この現象について、もしくは法則について把握するまでには、一年ほどの時間が必要だった。裏を返せば、一年間で僕はこの現象を捉えることができたわけだが、その一年の経緯をすべて説明するのも気が引ける。

一足飛びに、結論に移ろう。

手がかりはすでに今、述べた二つの例の中にも出てきている。僕が、零時に奇妙な体験をした日には、共通点がある。今の、二つの事例に、だ。

そう。握手だ。

僕が、他人と握手した日に限り、「それ」が起きている。

「それ」とは何であるのか。

この現象を気にかけ、だんだんと熱を入れて試行錯誤を続けていくうちに、まず思いついたのは、「時間が止まっているのではないか」ということだった。これはある種の正解だった。が、正しいように見えるが、僅かに、的を外している。

たとえば、風邪は万病のもと、と言われる。それは正しいと言えなくもない。なぜなら、大半の病の初期症状は、風邪に似ているからだ。であるため、「風邪の症状が出ても、どんな病気になるのか分かりませんよ。注意しましょうね」と呼びかけることは正しい。が、「どのような病気も風邪をこじらせて発症するのだ」と解釈すると意味が異なる。風邪は万病のもと、は正しいが、厳密に言えば正しくない。現象を捉えてはいるが、正しくはない。

それと同じ意味で、僕が、「時間を止められる」という推察は、正しくなかった。僕は、貯まった時間を、その日の終わりに使っているだけなのだ。

日中に拾った小銭で、缶ジュースを買う。それと、イメージは近い。一日の貯金を、零時前に使っている。

では、時間はどこから拾ってくるのか。

落ちている小銭は他人のものであるように、僕のいただく「時間」も他人のものだ。相手に触れ、スリが財布を抜き取るように、他人からその日の六秒間を奪っていた。握手は、その、「スリ」を堂々とできる行為だった。

ようするに僕は、握手をすると相手から六秒もらえるのだ。

私

青木豊計測技師長は興奮するでもなければ、疲れを見せるでもなく、話を続ける。私は、彼が人間ではなく、物事を説明する機能を備えた人造物かと思いそうになる。

「たとえば、今、この世界Aに恐ろしい出来事が起きるとしましょう」

「たとえば」私は何か例を挙げるべきだ、と思う。「たとえば、抗生物質の効かない恐ろしい耐性菌が蔓延する、とかですかね」

青木豊計測技師長は深くうなずいた。「すばらしい想像力です」

陳腐な発想に、嫌味を言われたのかな、と恥ずかしくなる。

「その耐性菌蔓延を防ぐために、あなたが過去に行ったとしましょう」

「私が」

「そして、ある時点の、あるところで、ある影響力を発揮し、歴史を変えるわけです」

ある影響力、といった曖昧さに私は笑いそうになるが、「はい」と返事をした。

「耐性菌が生まれぬように、あなたは世界を変えます。世界は平和になる。まあ、平和や幸福は嘘くさいですが、耐性菌の蔓延は少なくとも、なくなります」

「めでたし、めでたし。というわけですか」

「ところが、です。よく考えてみてください。もし、耐性菌が蔓延しない世界がAではなく、A′に分岐しただけであるとしたら、どうでしょう。世界Aにいるあなたは、危機から逃れたわけではありません。ただ単に、分岐したA′の存在を確認したにすぎないわけです」

「世界Aでは、相変わらず、耐性菌が蔓延しているということですか」

「そうです。あなたがやらねばならぬことは、分岐することではなく、自分が生きる世界Aにおいて耐性菌蔓延を防ぐことなんです。ここにいるあなた自身を救うために」

言わんとすることは分かった。なるほどそうかもしれない、と納得もした。「ただ、そんなことが可能なんですか？　過去に変化が訪れれば、それは分岐してしまうのではないですか」

「矛盾を最小限に抑えることができれば可能です。はじめにお伝えした通り、タイムパラドックスが起きぬように、パラレルワールドという考え方が存在しています。反対から考えれば、パラドックスさえ起きなければ、現世界を維持したまま、歴史の変更ができる。そう思いませんか」

私は眉間に込める力を強くしてしまう。「うまく理解はできないのですが」と恐る恐る伝える。「でも、ですよ。過去に行き、『耐性菌の蔓延していた世界』が、『蔓延していない世界』に変わったのだとすれば、それこそが大きな矛盾じゃないですか」

「矛盾ではありません。ただの変化です。論理的に崩壊するようなものではありません」

言い切られると私も、どう反応すべきなのか分からない。「分岐」と「ただの変化」の境い目はどこにあるというのか。

こちらの疑問を察したのか、青木豊計測技師長は、「もちろん、大きな影響を唐突に与えては意味がありません」と補足するかのように続けた。「たとえば、新潟行きの新幹線が発車する直前に、『盛岡へ行け』と力を加えれば、『それでは別の新幹線に乗ってください。別の線路を使いましょう』となるのは間違いありません。つまり、世界は分岐することを選ぶでしょう。別の線路を走ります。ただ、そうではなく、新潟に行くはずの新幹線の軌道を少しずつ変更し、今の線路をそれとなく曲げ、盛岡の近くへと向かうことにするのです。そうすれば、世界はAのまま、盛岡に、目的地に辿り着くことになります」

私はだんだんと、懇々と説教を受けている気持ちにもなった。「でも、そんなことができるのですか？　時間の流れを、過去から未来の流れを少しずつ変化させていくことが」

「ドミノと同じです。ちょっとした変化を与えることで、次々とドミノが倒れ、最終的に目的に到着します」

「それを計算するんですか？　シミュレーションして？」

青木豊計測技師長はゆっくりと顎を引き、四方の壁をぐるりと眺めた。「そのための計算を、この施設で行っているのです」

千葉県市川市にある物流倉庫、テーマパークのアトラクションやホテルの見える場所、その地下に、今、私がいる施設はあった。三階建てほどの白いビルに入るとエレベーターがあり、それに乗り、地下に到着したのが数十分前のことだ。扉が開くと、二人の警備員が立っていた。白い壁に囲まれた小さなエレベーターホールで、前方に通路が続いていた。奥が施設内部なのだろうとはすぐに分かった。煩わしいセキュリティチェックがあった。警備員の持つ金属探知機による所持品検査、カードによる認証、暗証番号の入力、指紋認証に音声認証が続く。

「この検査に引っかかるとどうなるんですか」興味本位でその時、私は訊ねた。

「前方の通路に続く扉が閉まります。後ろのエレベーターも開きませんから、ここに閉じ込められます。続けて、壁の噴出孔より、ガスが流れ込んできます。体が一定時間、痺れ、動けなくなります」

「そうなると、ここにいる警備員さんたちも痺れて動けなくなるのではないですか」

「彼らは事前に、耐性剤を投与されていますから」

胡散臭い説明に私は、本当だろうか、と眉に唾の気持ちになるが、彼が言うからにはそうなっているのだろう。

「以前、宅配便業者が誤って、ここを通過しようとして、ガスにやられたことがありましたよ」青木豊計測技師長は笑うが、笑って良い話なのかどうか。

「宅配便の配達員がここまで来るんですか？」

「上が、通販サイトの倉庫ですからね」それで説明になるのかどうか私には理解できなかった。「何でも当日届くから、便利ですよ。ただ、このホールまでしか入れませんが」

セキュリティチェックを終え、開いた自動扉の先へ行った。長い通路が続いている。白く、長い、人と人がぎりぎりすれ違えるほどの細い通路だった。その一番奥の扉を開けると、今、私のいる部屋に繫がっていた。

「この施設は広いのですか？」私は訊ねた。

「市川市はもとより、船橋市や江戸川区の荒川近くまで繫がっています。地下で」

「そんなに」この地下にそれほど広大な施設があるとは思いもしなかった。想像しようにもうまくいかない。「施設の中には、何があるんですか。こういった部屋がいくつもあるんですか」

「基本的には、コンピューターが並んでいます。計算を行うためのものです。あとは計測技師が詰めています」

計測技師の人数は聞かなかった。途方もない数なのは確かだろう。

「ここでは、時間の流れや分岐を計算しているんですか」譬え話のようにしてはじまった、タイムパラドックスやタイムトラベルの話が、この施設の真実と密接に関係していることくらいは、さすがの私も気づいている。

青木豊計測技師長はまたうなずく。まばたきの少ない人だ。「そうです。さまざまな分岐の把握や、世界Aや世界A′、A″の見極めを」

「そんなことが可能なんですか？」

「蟻のフェロモンです」

唐突に青木豊計測技師長がそのようなことを言うので、私はたじろいだ。

僕

本当のスリは、抜き取った財布に大金を発見したならば、素直に喜び、紙幣を何枚も抜き取るのだろうが、僕の場合はそうではなかった。誰からでも決まった量しかもらわない。いや、もらえない。どれほど握手をしようとも、その相手から六秒間だけ拝借、そのようだ。

試行錯誤や実験により、この現象、「時間スリ」の理屈を把握していったのだが、初期の頃は、「握手をすれば、時間が止まる」という法則だと認識していた。現象だけを捉え、真実まで手が届いていなかった。次に、「握手をした人数と、停止している時間は比例するのだ」と考えるようになった。この時点でも、「他人から奪っている」とは思ってもいなかった。「僕と握手をした人間は、その日の零時前に時間を失っている。その失った分が、僕のものになる。つまり、時間をスッているのだ」という考えまで行き着いたのは、ほとんど、この個人的な研究に飽きはじめた頃だ。

同級生たちと居酒屋で騒いでいた時だ。時計を眺めると零時近くであったため、僕は咄嗟に思いつき、酒の場の支離滅裂な会話の流れから、「みんなありがとうありがとう」と酔っ払って、感謝上戸になったふりをし、その場にいた十人のうち七人と握手を交わした。すでにその頃には、一人と握手をするにつき、六秒前後の時間が停止するとは分かっていたため、これで四十二秒獲得だ、と頭で計算をしていた。

腕時計をちらちら眺め、そろそろ零時になるぞ、と待ち構えた。四十二秒でできることなどたかが知れているが、目の前の友人が小皿に置いた、から揚げを食べることくらいはできるだろう、と。

予想通り、周りの友人たちの動きが止まった。よし、と箸を動かそうとしたのだがそこで、トイレから帰ってきたばかりの友人が、「あれ、みんなどうしたの」と目をこすった。

どうして彼は止まっていないのだ？　僕は驚いた。つまり、驚く程度には、自分の見つけた法則性に自信を持っていたわけだ。「あれ」と動揺の声を上げたが、すると、その友人も動きが止まった。

慌てて、秒を数える。およそ四十二秒といったところで、全員が動きを取り戻す。

なぜ、あの友人は他の友人と同時に止まらなかったのか。なぜ時差が生まれたのか。

　数日考えた末に、次のような結論に到達した。僕は単純に一日の持ち時間を増やしているわけではなく、相手から奪っているのだ。「握手一回につき六秒間、時間を停止させている」のではなく、「握手一回で、相手の時間を六秒間もらっている」と考えなくてはいけない。

　整理すればこうなる。

　僕は握手をした分だけ、ほかの人よりも一日が長くなる。その延長時間は一日の終わり、零時を前にした時に得ることができる。延長時間に突入した途端、まわりの人間は動かなくなり、僕一人が活動できるわけだ。一方で、僕と握手をした相手は六秒を失っているのだから、彼らは一日が六秒短くなっている。つまり、二十三時五十九分五十四秒からの六秒間は、動けなくなってしまう。トイレの友人と握手相手の友人が動けなくなるタイミングの時差は、ここで生まれたのだ。

　なるほど、と納得するとともに、これは迂闊《うかつ》に人に触れないぞ、と気を引き締めた。僕が握手をした人は、零時前に動きを止めてしまうのだから、ほかの人に目撃されれば、この居酒屋での出来事同様、不思議がられる可能性はあった。もし、それが続くことになれば、「あいつは、零時前に体が固まる男だ」とそのことが話題になることも考えられる。だからそれ以降、僕は、なるべく同じ相手とは握手をしないようになり、仮に、握手をする場合にも、その当人が零時近くに出歩かない日を狙うことにした。

さらに、新規の握手相手を求めるべきだと考えるようにもなる。

ほどなく、次の段階に入った。

この、「時間スリ」の力を何に使うべきか、と検討をはじめたのだ。

すぐに検討結果は出た。

結論、大したことはできない。

私

「蟻、特に、アルゼンチンアリの実験について、ご存知ですか」

またしても、「ご存知ですか圧力」が向けられるが、私はもはや無知を受け入れることにしていた。「蟻ですか」

「アルゼンチンアリは、エサを探している最中から、腹部よりフェロモンを出します。巣から、外に出歩いている時に、フェロモンを残すわけです。仲間はそのフェロモンに従い、ついていくことになります。さて、そこで、二匹の蟻がばらばらの道を通り、同じエサのもとに辿り着いたとしましょう」

　青木豊計測技師長は、壁にかかったモニターに、電子ペンのようなものを当て、図を描いた。二つの円を記し、「左の円が蟻の巣で、右の円はエサだとします」と言い、まっすぐに最短距離を行く線と、迂回しながら、遠回りをする線を描いた。

「こうして、より短いルートを行く蟻は、もう一方の蟻に比べると、早く巣に帰ってくることができます。つまり、行きと帰りで同じ道を通るわけで、フェロモンが二度塗りされるようなものですから、濃くなるわけです」

「なるほど」

「巣から出てきた別の蟻は、フェロモンが濃いほうについていきますから、もちろん、その短いルートを辿ることになります。すると、当然ながら、さらにフェロモンが濃くなります。次の蟻もそれに従い、そうすることで蟻は最短コースに行列を作ることになるわけです」

「なるほど。最短ルートを見つけた蟻が、みなに教えているわけではないのですね」

「結果的に最短ルートに列ができるだけで、蟻自身は計算や決断をしているわけではありません。やっているのは二つのことだけです。フェロモンを残すことと、フェロモンの濃いほうに従うこと。これだけで、管理者がいないにもかかわらず、最適な行動が取れます。別の道を行く蟻もちらほらいるでしょうが、基本的には、行列ができます」とモニター上の太い直線をなぞり、巣からうろうろと細い線をいくつか描いた。

その説明にうなずきながら、だからそれがどうかしたのか、とも思った。モニターに映る何本もの線が、先ほどの、「時間の分岐」の話と重なったのも確かだった。

案の定、青木豊計測技師長は、「世界の分岐が、まさにこの蟻の行列によって把握できるのです」と言い出した。

その時点で私は一気に取り残された感覚になる。数学の授業を受けながら、この式が、どうしてこうなるの？　と理解できず、置いていかれる気分だった。蟻がどうして、タイムトラベルやパラレルワールドと関係するの？　落ちこぼれてはならぬ、と崖を上るような気持ちで、頭を回転させる。「どういうことですか」

「蟻たちが行き来する、もっとも濃くなぞられる線が、時間の流れにも存在しているのです。つまり、それこそが、先ほどから話をしている、世界Aにあたります。ほかの流れはその分岐、A′であったり、A″であったり、枝葉だというわけです。パラレルワールドはいずれの世界も同じ強さと重要度を持っているわけではなく、メインの世界が一つ、多くとも二つ程度でしょうが、存在しているというわけです。そして、すでにあなたも」

「ご存知ではありません」早めに、認めることにした。

「私やあなたがいる、今、この世界こそが、そのAの世界、『′』や『″』のつかない、無印の世界なのです。そして、その時間の流れを把握するためには、蟻の通り道を把握すれば良いのです。一番、濃く、最適な流れがメインの世界となります」

「その、蟻というのは比喩ですよね？」

「いえ、蟻が行き来をしているんです。もちろん、クロアリやアルゼンチンアリとはまた別の、もっと小さな、ミクロの世界に生きる、ミクロ蟻のようなものですが」

「まさか」

「この地球上にいる動物の八割は昆虫です。毎年何千種類もの新しい昆虫が発見されているわけです。時間を行き交うミクロ蟻もその一種類に過ぎません。昆虫が四億年も前から存在していることに疑問を覚えたことはありませんか。昆虫にとっては、現在も四億年前もほとんど重なり合った別の世界に過ぎないわけです。そもそも、肺がなく、体に開いた穴から空気を吸い込んでいる、別のメカニズムを持った生き物なんですから、我々の理屈は通用しません」

「それにしても」

「その蟻は、私たちは時間蟻と呼んでおりますが、時間蟻は通常、私たちの世界だけではなく、ほかの世界A′やA″にもまたがり、同時に存在しています。電子が波の形をして、複数の世界に存在しているのと同じです。そして、未来や過去の流れを行き来して、フェロモンを残していきます」

「時間蟻のフェロモン？」

「蟻たちは最適ルートを探します。先ほどの話では、巣とエサとの間の、最短距離に行列を作りました。それに比べ、時間蟻は、過去から未来までの最短で、効率の良い、道筋を探すわけです。巡回セールスマン問題というものを」と言いかけた青木豊計測技師長は私の泣き出しそうな顔に気づいたからか、「ご存知ではないでしょうが」と察してくれる。「そういう問題があります。複数の都市を、セールスマンが最短ルートで回るコースを導き出す、クイズのようなものです。さまざまなアルゴリズムが使われますが、蟻のコロニーの、先ほどの仕組みが有効だとも言われています。コンピューター上で、バーチャル蟻を使い、バーチャルフェロモンにより、最適ルートを見つけるやり方です。実験したところ、彼らは効率的に、一番、良いルートを確実に見つけ出したそうです。それに限らず、蟻のコロニーの仕組みを導入し、問題を解決するやり方は、いくつもの企業が取り入れています。我々もそうでした。時間の流れの中には分岐があって、複数の世界が同時に存在している。それでは、どの世界がもっとも最適な、幹であるのか、もしくは、分岐点がどこにあるのか、そういったことを調べるために、時間蟻の数と動きをすべて把握しました」

くらくらする。意味不明な理屈を振り翳《かざ》し、こちらを翻弄し、騙そうとしているのではないか、と警戒したくなる。蟻蟻詐欺であるとか、パラレルワールド詐欺と呼ばれるものがあるのではないか、と疑念も湧く。すでに頭は混乱し、ついていけなかった。

ここで私は、とにもかくにもまずは原点に、そもそものスタートラインである疑問に、戻るべきではないかとようやく、本当にようやく！気づき、「でも、そもそも、どうして私がここに呼ばれ、このような話を伺う必要があるんでしょうか」と言った。

三ヵ月前に、得意先の上司から人を紹介され、そこからさらに紹介された人物が、この青木豊計測技師長だった。幾度かの会食を経た頃に、「実は、お願いがありまして」と切り出された。もちろん、人並みの警戒心は持ち合わせていたが、自分の上司からの、「一度、青木さんの研究施設を見学してきなさい」という命令には従うほかなかった。

僕

翌日を迎える直前、自分一人が動ける時間がある。それが僕の能力だった。せいぜいが数十秒で、長ければ分単位にもなりうるが、その時間で何ができるのか。

ほとんど何もできないのだ。

テレビは止まり、パソコンも動かない。自動車は運転できず、自動販売機も使えない。とはいえ、世界が凍ったわけではないから、コップに入った水を飲むことはできるし、物を食べることもでき、本を読むことやボールを蹴ることもできる。が、それだけだ。そもそもが六秒など誤差の範囲とも言えた。一円玉を必死に貯め、缶ジュースを買うような、いや、一円玉を拾い集め、チロルチョコを購入するのと似ていた。チロルチョコがあろうがなかろうが、人生のその日に大きな影響はない。

とはいえ、どうせ手にしたものであるのなら、いろいろと試してみるのが人の性《さが》だろう。

思いつく限りのことは一通りやった。

深夜のコンビニエンスストアに行き、零時直前にレジに並ぶ。周りが動きを止めたならば、自分の持っている余分な時間を使い、レジ前の大福をポケットに入れてみる。もちろん、盗もうとは思わないから、すぐに返す。店員の前で商品をつかみ、隠し、また戻す。スリルを楽しみたいだけなのだ。おでんの鍋で、はんぺんとこんにゃくの場所を入れ替えたこともある。

性的興奮を求め、アイディアを練ったこともある。透明人間となった男が真っ先にやるのはエロいこと、と言われるが、僕の場合も例外ではなかった。

ただこれも、できることは限られているのだ。

たとえば、女子大生との飲み会で隣同士に座っていたとして、時間が止まっている間に、彼女の胸に触れることはできるだろうが、白状すればそれをやったことはあるのだが、ほんの数十秒のその行為は興奮も何もなく、結局は、タイムトライアルに挑んだような、ただの「運動」に過ぎなかった。

止まっている間に、女性の下着を覗き、実はそれもやったことがあるのだが、撮影でもしようと思ったが、カメラも携帯電話も動かなかった。

そして、念願の恋人ができ、彼女のアパートに泊まった際につくづく感じたことがある。そもそも零時に親しい女性とそれなりに密接な距離で一緒にいられる環境であれば、時間スリの能力など関係ないのだ。

時間を奪うやり方についても、いくつか試してみた。

握手のやり方を変えたり、たとえば軽く抱き合う形ではどうか、とやったが大きな違いはなかった。手と手を組んだ場合のみ六秒間、それが基本的で、唯一の規則といえた。

思いつくやり方を試し終えると、僕は、有効利用を諦めた。自分の利益になることや、世の中のためになることに時間スリの力は使えない。

となれば、残る目的は一つだった。

優越感だ。

他の誰もが動けなくなり、自分だけが自由にできる時間がある。

その、僕だけの時間を、優雅に味わう方向へと気持ちをずらすことにしたのだ。

以降、僕は、日中に数人と握手を交わした夜には、事前に淹れたコーヒーを飲み、本を静かにめくり、「この時間は僕だけのものだ」とその、一分に満たない時間を堪能するようになった。

驚くなかれ、これが意外にも満足感を得られるのだ。精神衛生的にもプラスの効果をもたらした。

恋人に振られた時には、慰めの飲み会を開いてくれた友人たちと片端から握手をし、零時になる前の自分だけの時間で、大声で思いつくがままに叫び声を上げ、声を嗄《か》らした。

私

「本題に入ります」と青木豊計測技師長は言った。

本題に入るまでの、長く、ごちゃごちゃとした説明は何だったのか、と私が茫然としていたのも事実だ。が、ここで気を引き締めねば、霊験あらたかな壺を売りつけられるのがオチかもしれない。背筋を伸ばす。

「ただ、少し端折《はしょ》りましょう」

「本題なのに、端折るのですか」

「そうです。細かいことは必要ありません。たとえば、『明日、雨が降ります』という本題の際、くどくどと、『どうして雨が降るのか』と解説する必要はないと思いませんか？　必要なのは、端的に、『雨が降るので、傘を忘れずに』と言うことではないでしょうか」そう言った彼は手元のリモコンを操作し、モニターを切り替えた。すると映像が映し出される。

廃屋に見えた。いくつものテーブルや椅子が壁に寄せられ、室内の真ん中が空いている。そして、その空いている場所に山ができていた。人間が積み重なっているのだと遅れて気づき、ぎょっとする。死亡しているのか、人形なのか、判然としないのだが、キャンプファイアーを行う櫓《やぐら》のようでもあり、現実味を覚えなかった。

それからまたモニターが切り替わる。

次に映ったのは、明るく、綺麗に整った店内だった。ショーウィンドウにケーキが並び、席には姿勢と歯並びの良い、肌の艶々した女性たちが座り、フォークを口に運び、手を頬にあて、目を細めている。

「これが、いったい」私は訊ねる。

青木豊計測技師長がリモコンをまた触ると、モニターには二つの映像が並んだ。左が、荒れた室内に人が積み重なる、不気味な映像で、右が、洒落た店の、明るい光景だ。

おもむろに彼は左側の映像を指差す。「これが」と言った後で、右を指す。「こうなります」

「え？」

「左側は人の死体がたくさん、放置されている。そういった状況です。この店の外にも、人の死体はたくさんあります」

「どうしてですか」

「病気です。奇《く》しくもあなたがおっしゃってくれました。耐性菌の蔓延です」

「まさか」私は困惑のあまり噴き出したくなる。「いったい、どういうことなんですか」

「近い将来、この世界は、こうなるわけです。耐性菌が生まれ、薬は効かず、感染は止められず、次々と人間は倒れていきます。死体に畏怖を感じることはもとより、処理することすら間に合いません」

　左の映像をじっと見つめる。動かぬ人の山の周囲を小さく、虫のようなものが飛んでいるのが確認できた。蝿かも知れない、と思った瞬間、鳥肌が立つ。

「ですので、こちらの大変な状況を、こちらの穏やかな状況に変えたいのです。実はこれは、同じカフェの店内なのです。それが、時間の流れによって、これほど異なるわけです」

　そこで私は、ダイエット商品の広告を思い出したのだ。こちらが、こうなります、と。「もちろん、こちらの、痩せているほうがよろしいに決まっていますよね」というように、それはもちろん、死体の山の店内よりは、ケーキを楽しむ店内のほうが良いに決まっていた。

「でも、あの、こちらがこうなります、と言っても、いったいどうすればそうなるんですか」

「それです」青木豊計測技師長は人差し指を立てた。表情は変わらない。「そこで、あなたの協力が必要なのです」

ついに来たか、と私は構える。顎を引き、体を起こし、まっすぐに彼を見つめる。ここで私の出番か、と。そして、それまでは思い浮かばなかった想像が、頭を巡った。

「もしや、過去に行き、世界の流れを変えるというわけですか？　私が過去に行き、つまり秘密の使いとして派遣され、こちらの世界がこちらの世界に変わるように、何か仕事をするのでしょうか」

「正確には、世界を分岐させては意味がありません。先ほどもお伝えしたように、私たちがいるのは、世界Aですから、その世界を分岐させぬまま、より良い、望ましい状況に変える必要があります。私たちはそうなるように、膨大な、まさに膨大としか言いようがない計算をしました。この施設内で、です。世界に与える影響を最小限にしつつ、世界の流れを変えるわけです。ほんの少しの変化が、次なる出来事を緩やかに動かし、それがさらに変化を及ぼし、その連鎖により、未来は変わっていきます。逆算に逆算を重ね、最も適切な、最初のドミノ、それを倒す必要があるわけです」

私は自分の鼓動が少し激しくなるのが分かった。恐怖ではない。私がその仕事に参加するのではないか。潜入し、世界のために活動するスパイのような、そういった漫画めいたものを思い浮かべていたのだ。

「その、最初のドミノを倒すために、派遣されるわけですね」

青木豊計測技師長はうなずく。リモコンに手をやる。また、モニターが切り替わる。

透明のケースに入った、薄茶色の生き物だった。長い触角が、繊細に震える稲穂のように、揺れている。体が平たく、薄いセロファンをまとう、儚《はかな》くも、脆《もろ》い生き物にも見える。楕円形の体に、小さな頭があり、六つの足が生えている。流線型をさらに発展させた、限りなく空気抵抗をなくした美しいスタイルは、高速移動を可能にする、スピードに特化したものに思えた。左右に動いた。一度、消えた後に出現するかのような、まばたきの間に場所を移動するかのような素早さに、僕の目がついていいかない。繊細さに加え、俊敏さを備えている。あようするに、最初、私はその生き物が何であるのか理解できていなかったのだ。あまりに大きく映し出された上に、私の思考が落ち着きを失っていたためでもあるだろう。

正体に気づいた時には、全身の毛が逆立ち、ひい、と悲鳴を上げそうになった。ゴキブリである。

「あれが、私たちが過去に派遣する密使となります」青木豊計測技師長の声が耳に入ってくる。

僕

やがて、その自分だけの時間は、僕にとって、鉄道模型ファンにとっての模型走行や、ラーメン好きにとっての新店オープンのような、安らぎと喜びのイベントとなりつつあった。もちろん、毎日は無理だ。握手をするだけで良いとはいえ、握手を頻繁に、しかも大勢と交わすことはなかなかに難しい。大学では一時期、三上は男色家だ、と噂まで流れた。手のひら同士を合わせれば、「時間スリ」はできると分かって以降は、腕相撲を口実とするようにもなった。強くなりたいのだと嘯《うそぶ》き、信憑性を持たせるために筋肉トレーニングにも励み、友人知人との腕相撲対決を頻繁にやった。とはいえ、多くて日に十人というくらいだから、僕のスリも細々としたものだった。

就職活動の時期が近づくにつれ、僕は、できることならば握手がたくさん可能な仕事はないだろうか、と考えはじめた。握手ありき、時間スリありきで自分の人生の進路を決めることに一瞬ためらいはしたが、もともとやりたいこともなく、方針として、「握手ができること」を設けることはそれほどまずくはないだろうと自らに言い聞かせた。

「議員だな」親しい友人に、握手ができる職業は何か、と訊ねたところ、彼からはそう返事があった。「よく握手してるじゃん」

「やっぱりそれか」僕もそれくらいは思いついた。有権者に対し、「よろしくお願いいたします」「ありがとうございます」と懇願と感謝を交互に繰り返し、握手をしていく立候補者の姿はテレビなどでもよく見かける。が、それはあくまでも選挙活動の時のみである。いざ当選してしまうと握手の回数は減るだろう。何より、被選挙権はまだない。

「そうじゃなかったら、アイドルとか？　握手会とかあるじゃないか」

なるほど、とは思ったがすぐに却下せざるを得ない。アイドルになるための道筋が、まったく分からない。それに、アイドルの仕事のうち握手会の頻度はどの程度なのか見当がつかない。

「じゃあ、ほら、戦隊物のショーがあるじゃないか。スーツアクターっていうの？ああいう仕事は、ショーのあとに子供たちと握手するんじゃないの？　三上は体操部だったんだし」

友人はかなり無責任に、ただの雑談であるのだから無責任に決まっているのだが、言い、僕のほうは興奮を抑えるのに必死だった。それだ！　と雄叫びを上げたいほどで、声を出すかわりに思わず友人に握手を求め、意図したわけではなかったが六秒をいただいた。

私

謎めいた昆虫の中でも、ひと際、人間から疎まれ、恐れられているゴキブリを、「人間の未来を担う密使」と紹介されたところで、すぐに受け入れることはできなかった。

青木豊計測技師長は、冗談です、と打ち明けることもなく、真面目な表情で、「ワームホールの内部には、巨大な重力が発生するため、通常であればすぐにワームホールは潰れます。それを維持するためには、反重力物質を入れるほかないのですが、それでも、中を通過するには想像を絶する圧がかかります。人間が入ろうとすれば、一瞬にして、ぺしゃんこの、厚さゼロのただの粒となります」と言う。

それはすでに、人間や動物で実験をし、無残な結果を目の当たりにしているようにも聞こえ、私は、自分が粉砕される心細さ、潰れる激痛を想像し、体を振る。「ゴキブリは平気なんですか」

「虫の中でも、この虫の強度は尋常ではありません。それに、です。ワームホールで過去に物体を送るためには、周囲に莫大なエネルギーを発散させます。たとえば、この腕時計ほどの物を送るとすれば、この施設はもちろん、関東全域に衝撃の波が広がり、停電や機械の故障を起こすことになります。では、どれくらいの質量の物体であれば良いのか。実験の結果、私たちは、二グラムの物体であれば、この地下施設の停電、数秒の停電の被害で抑えられることが分かりました」

「ゴキブリは二グラム以下なんですか」

青木豊計測技師長は首肯する。「加えて、最初にお話ししたような、自分の親を殺すようなパラドックスを起こす可能性もありません」

「それは、あの、試してみたのですか」その質問をぶつける。ワームホールを使ったタイムトラベルなどフィクションの中でしか存在しないものかと思っていたが、私もいよいよ信じはじめていたのかもしれない。

「ゴキブリは、三億年も前からほとんど姿を変えず、存在しています。なぜか分かりますか」

「タフだからですか」

「あのゴキブリの進化のなさ、言い方を変えれば、三億年以上前からすでに進化が完成していた理由が分かりますか」

「分かりません」

「私たちが、四億年前に送り込んだゴキブリがいるのです」

驚きつつも、心のどこかでは、やはり、という思いもあった。話の流れからすればそうなってもおかしくはなかったからだ。

「彼には」青木豊計測技師長は、モニターに映る、扁平楕円形の虫に目を向ける。

「タイムパラドックスを起こす可能性は低く、ボディの強度も申し分ありません。密使としてはベストです。何より」

「何より」

「人間の行動を変えることができます」

「どういうことですか」

「私たちの目的は、過去に何かを送り込むことだけではありません。過去に送り込んだものにより、時間の流れを変化させることです」

「最初のドミノを押すために」

「そうです。ただ、時空を越えて、石が現われたとしても、蟻が出現したとしても、人間の行動は変わりません。ドミノを倒すのは至難の業です。それに比べて、ゴキブリが出れば」彼は、私の顔をじっと見る。「人の行動に影響が出ます」

それには深く同意した。ゴキブリの出現は、人間の行動を変える。人によっては悲鳴を上げるし、駆除のために動き出す者もいるだろう。私は、モニターに映るその虫を再度、眺める。施設内の映像がリアルタイムに流れている様子だった。これから、大いなる使命を帯び、長い旅に出かける密使だと思うと、自然、尊敬の気持ちが胸の内に滲んでくる。セロファンに似た、薄く半透明のボディに崇高さを覚える。私も単純な性格だ。

「ただ」青木豊計測技師長の口調が少し変わる。「ただ、どのような安全な薬であっても副作用があるように、時間の流れを変えることにも、望まざる影響が出るのも事実です。私たちが望む、耐性菌蔓延を防止する変化以外にも、それぞれの人たちに何らかの変化を与えてしまうわけです。そこで私たちは、変化を三つに分類しました」

「三つ？」

「『良い変化』と『悪い変化』、それから、『絶望的な変化』です」

「良い子悪い子普通の子」と私は反射的に、口ずさむようにしてしまう。青木豊計測技師長は何も反応しない。

「我々が送り込んだ密使により、世界の流れが変化します。つまり、送ると同時に世界Aの状況は一変します。たとえばある人間が、今よりもお金持ちになったり、もしくは罹《かか》るべき病気から逃れられたりすることがあります。これが、『良い変化』です。次に、本来、結婚していたはずの男性が未婚のままであったり、当たっていた宝くじが外れていたりする可能性があります。これが、『悪い変化』です」

「たとえば、ワールドカップやオリンピックの開催地が替わっちゃうようなこともあるんですかね」

青木豊計測技師長はうなずく。「それにより、さまざまな人生に変化が起きる可能性もありますが、開催地が替わること自体は、『良い変化』とも『悪い変化』とも言えません」

「ホームの人にとっては、『良い変化』だけれど」

「そうです」

「では、絶望的な変化というのは」

「死ぬこと」彼は鋭く、冷たく、言い切った。「もしくは、それに近い状態、修復不可能な怪我を負うことです」

「それは困るじゃないですか。その人にとっては、世界に耐性菌が蔓延しなくても、死んでしまうのですから、堪ったものではないでしょう。世界を救うために、誰かの人生が蔑《ないがし》ろにされるなんて。それも蟻と同じように考えるんですか？　コロニーのために、一匹の蟻が犠牲になるのは仕方がない、と」

「蟻とは異なります」青木豊計測技師長は怒ることもなく、かぶりを振る。「私たちはそのためにも、計算をしました。もちろん、すべての変化を消すことはできません。『良い変化』と『悪い変化』については受け入れる、受け入れていただくほかないという結論に達しました。そのかわり、『絶望的な変化』については限りなくゼロにする、そういった時間の経路がないか、を計算したわけです」

私は、「限りなくゼロにする」という言葉が引っかかった。ゼロにはならない、という意味にならないか。

「どのようなタイミングで、どのように密使を送れば、最も、被害者の少ない変化を選択できるのか。これは非常に難しい問題です。誰かを救えば、誰かに歪みが行きますが、それを可能な限り、減らすわけです」

また、「可能な限り」だ。私は、大きな風船を小さな箱に入れるのを思い浮かべた。無理やり風船を押し込めても、どこかから、はみ出してしまう。その、はみ出した部分を押し込むと、今度は別のところからはみ出してしまう。誰かの、「絶望的な変化」をなくそうとすれば、別の人間に、「絶望的な変化」が起きるのではないか。

「そして、私たちは、完全にではないものの、『絶望的な変化』を最小にするルートは計算することができました」

「できたんですか」

「ええ。世界は耐性菌蔓延から逃れられる。ただ、ただ一人にだけ、『絶望的な変化』が訪れる。そういった時間の流れを計算することができました」

「ただ一人」私は呟く。

「それが限界でした。どこをどう、考慮しても、それ以上の状態は計算できなかったのです」

私はようやく理解しはじめる。どうして、まったくの部外者である自分が、この場所で、門外漢であるはずの難しい説明を受けているのか、という理由をだ。「それが、私ですか？」

青木豊計測技師長は初めて、感情の罅《ひび》を顔に見せた。瞼を震わせ、視線には慈しみが滲んだ。かのように見えた。が、彼はすぐに冷徹さを取り戻す。「そうです」

僕

テレビで放映される、子供向けヒーロー番組に出演するのは非常にハードルが高かった。専門の団体に所属し、それこそ野球におけるプロ球団、メジャーリーグに挑むようなものであるから、高校時代に体操部で少々鍛えていました、といった程度では夢のまた夢といえた。だから、はじめから、遊園地やデパートの屋上でショーを演じるための会社を目指すことにした。よく考えれば、僕の望みは、「できるだけ頻繁に」「できるだけたくさんの」握手、であるから、テレビ出演では意味がなかった。

幸いにも、会社はすぐに見つかった。キャラクターショーやマスコット演技などを業務とする有限会社で、アクション俳優の育成にも力を入れているらしく、迷うことなく僕はそこに応募した。大学四年生であったから、まずは毎週、そちらの稽古に参加することになった。

「だいたい一ヵ月も経たないうちに九割は辞めていくよ」面接の際、社長兼アクターは言った。僕の体型をざっと見て、「少し華奢《きゃしゃ》だから、大変だと思うよ」と肩をすくめた。若者を脅して楽しんでいる部分と、本音の部分がまざっていた。

「一応、訊くけど、どうしてこの仕事やりたかったの？」それが唯一の質問だった。おそらく彼は、子供に夢を与えたい、といった返答があるのを想像していたに違いなかった。大半がそうなのだろう。が、僕はあまり深く考えずに、緊張もあったせいか、「子供たちと握手をしたくて」と答えてしまった。それではさすがに、子供と触れ合いたい変質者めいていると気づき、慌てて、「がっしり」と付け足した。「がっしり握手を交わして、気合いを入れたいです」と。意味不明瞭ではあるが、変質的な匂いは消えるのではないかと期待した。社長は笑って、「まあ、稽古に来いよ」と言った。

稽古は厳しかったが、辞めようとは思わなかった。むしろ、体を動かすことは性に合うのか、大学に入ってから鈍っていた肉体が少しずつ、ほぐれていくようで、心地好さを覚えた。

しかも、なかなかショーには出られないと聞いていたが、意外にも在学中に出番がやってきた。

大宮の駅前イベントでの戦隊物のショーで、僕は裏方作業の手伝いとして同行していた。すると、来るはずだったベテランの一人が人身事故を起こしてしまい、間に合わなくなり、急遽、「よし、三上やってみろ」と代役を命じられたのだ。

後になり社長は、「おまえは真面目に稽古してたし、勘が良さそうだったからさ、できると思ったんだ」と調子のいいことを言ったが、おそらくその時は、止むを得ずの自棄《やけ》気味の指示だったに違いなかった。

周囲の心配をよそに、僕は大きな失敗をすることなく、ショーをやり遂げることができた。それは大きかった。思わぬ出番で、「やれる」ことをアピールできたのだ。緑色のコスチュームを着て、殺陣《たて》をこなした。

ショーの後には握手会が用意されており、僕は感激した。念願の、大人数との握手が実現したからではない。それ以上に、自分の選んだ道が誤っていなかった、と思えるその喜びに興奮したのだ。

日曜日のイベント会場であったからか、ステージがそれほど広くないにもかかわらず、子供の観客は多かった。新しく番組がはじまったばかりの戦隊ヒーローだったこともあるのかもしれない。午前と午後で合わせて百名以上の子供が列を作り、僕は握手を交わした。

そこで初めて、「素手ではなく、コスチューム越しの握手でも効果はあるのだろうか」と疑問が湧いたが、杞憂だった。

その日の零時前、僕はそれまでで最も長い時間、おおよそ十分間の「自分の時間」を楽しむことができた。コーヒーを飲み、雑誌を読み、一人の時間を嚙み締めた。

さらに重要な点もあった。

握手相手として、子供は最適なのだ。

以前から、たかだか六秒とはいえ、他人の時間を奪うことに罪の意識を感じていた。恐怖もあった。たとえば、六秒を僕が奪ってしまったがために、零時前の運転中の自動車で事故を起こしてしまう可能性もゼロではないだろう。不測の事態により、悲劇を招くのではないか、とそれはいつも心に引っかかっていた。

それを考えれば、子供の場合は、被害の出る確率は低い。零時に活動している子供よりは、眠っている子供のほうが多いはずで、睡眠中の六秒間、体が固まったところでほとんど影響はないはずだ。

日を追い、稽古を積み、ショーに出るにつれ、最適な仕事に巡り会えた、としみじみと実感した。大学を卒業後は、当然のようにそこに就職をした。社長は、「こんなに続くとは」と驚きを隠さなかった。

これで楽しく充実した日々を過ごせる、と思えた。いや、実際に、充実した日々を過ごしていた。

まさか、誰かに目をつけられるとは思ってもいなかった。


僕が握手によって他人から盗む時間は、六秒であるが、それはあくまでも経験上の、体感的な計測による。零時直前に周囲の世界は時間を止めてしまい、時計でその停止時間を測ることはできなかった。だから、一人きりでコーヒーを楽しみながらゆっくりと秒をカウントし、それにより導き出したのが、六秒という数字だった。おそらく、外れてはいないだろう、と思っている。「六」は時間にとっては、キーとなる数字だ。

ある時期まで、最高記録は十三分だった。つまり、日中に百三十人と握手を交わしたことになる。

その頃、僕はようやく自分の身のこなしに自信がつきはじめ、デパートの屋上のショーから、地方の小さなオモチャ屋さんへ出かけての握手会はもとより、大きな会場でのショーにも余裕を持ち、臨めるようになってきていた。

僕たちが演じるヒーローにはさまざまなものがあり、「これはいったいどういった媒体で、登場してきたのか」と首を傾げたくなるようなコスチュームを着ることや、ずいぶん昔のテレビに出演したヒーローを演じることもあったが、当然ながら、一番の花形は、現在テレビで放映中の現役の戦隊物ヒーローや仮面ライダーのショーに出ることだった。

先輩の代打であった初仕事は別とし、それが叶った時には達成感があった。何より、ショーを終えた後の握手会に参加してくれた子供たちの、目の輝きが違った。同時代を生きる憧れの英雄を目の当たりにした感激を、子供たちは隠そうともせず、僕はその、彼らの思いに心を動かされた。そして一方で、現実にはこのようなヒーローは存在しないのだろう、と感じ、哀しみを覚えることもあった。社長がある時、酔い潰れる寸前に、「実社会でな」と言ったのを聞いたからかもしれない。「実社会でな、正義を実現するとしたら、戦隊ヒーローみたいなスマートなのは無理なんだよ。交渉とか取引とかな、人脈とか世論調査とか、そういうのが必要なんだ」

「そういうものですか」

「仮に、世の中の未来を見通して、悪者をばったばったとやっつけるヒーローが登場したとしても」

「しても？」

「ちょっとした失言をマスコミに叩かれて、おしまいだ」

その言い草に、僕は笑ってしまった。

「無能で、無口な、性格のいい政治家と、有能で、口の悪い政治家と、どっちがいいか、って話だよな」

「でも、失言を狙われているのが分かっている状況で、うっかり失言するのはやはり、弱いですよ」僕が言うと、社長は、「これからのヒーローの第一条件は、失言しないことだ」と溜め息を吐いた。

マフラーを靡《なび》かせ、もしくはマントを翻す、颯爽としたヒーローはどこにもいない。子供たちはそれをこれから知っていく。それを思うと、大袈裟かもしれないが、胸がぎゅっと締め付けられた。

「あなたの力が必要なんです」その言葉を聞いたのは、まさにショーの最中だった。そのような台詞は台本になかった。というよりも、僕たちがヒーローとして動く際は、アクションをするだけで台詞など口にしない。台詞があるとしても、それは音声役の人間がマイクで喋るだけだ。さらにいえば、その怪人が発するにしてはずいぶん、丁寧過ぎた。

体を反転させ、後ろ回し蹴りをし、敵役に足を当てる。つかみ合い、体を寄せた時に、あの、恐るべき昆虫、ゴキブリをモチーフとした怪人から、声が聞こえてきたのだ。あなたの力が必要なんです、と。

観客席はおろか、ステージ上で動くほかの同僚にも分からない声だった。え、と聞き返そうにもアクションは続けねばならず、空耳だったのかと思いかけるが、再び、つかみ合った際に、「あなたの力を知っています」とまたしても呼びかけられる。僕の力といえば、思い当たるのはあの、時間スリしかなかったのだが、だからと言って細かく確認することはできない。

ショーが終わると、あれはいったいどういう意味だったのか確認するために、油虫怪人役の先輩を探したのだが、彼はどういうわけか、会社のミニバンで眠っている状態で発見された。真面目な先輩であったから、居眠りをするとは思えず、「突然、お茶を飲んだら睡魔に襲われた」という彼の言葉は、社内でもそのまま受け入れられた。怪人は問題なくステージをこなし、誰にも迷惑はかからなかったのだから、彼がわざわざ嘘をつく必要はない。では、いったい誰がどのような思惑で、怪人役になり代わったのか。みなが悩んだが、真相は誰も思いつかなかった。「出番前に、ペットボトルを飲む際には、睡眠薬が入っていないか気をつけましょう」という教訓が、会社内に周知されたのみだ。

僕だけが一人、もしかすると、と思っていた。もしかすると僕に話しかけるために怪人に潜り込んだのではないか、と。

いったい誰が？　見当もつかない。

そして、そのような、まどろこしいやり方が必要なのか？　と感じたが、そうこうしているうちに、会社宛てのファンレターを装った手紙が届いた。「三上さんの特技を役立たせてくれませんか」とあった。さらに日を空けず、何通か届いた。メールも送られてくるようになった。どうして僕のアドレスを知っているのか、と怪訝に思い、会社から情報が洩れたのではないかと疑ったのだが、そういった様子も見当たらなかった。その頃には、謎の相手は、時間スリのことにも触れるようになる。

はじめは不気味だった。が、文面は丁寧で、「不審に思われますでしょうが」であるとか、「少しずつで良いので、信じていただければ」であるとか、控えめなものであったため、反発や拒絶の気持ちは湧かなかった。何より、僕の時間スリのことを知っている時点で、ただの悪戯とは思いにくい。

「我々は、あなたの助けを借りるほかないという結論に達しました」という言葉は、強引で、威圧的な力を覚えたが、「よろしければ」「もし、可能であるならば」とこちらの意思を尊重する言葉も多く、こちらの心の網の狭め方が弱くなったのも事実だ。

相手の狙いだろうと思いつつも、少しずつ、耳を貸し始めていた。「我々」とあるからには、連絡をしてくる先方は個人ではなく、何らかの団体だとは見当がつく。

気づけば僕は、返信をしていた。

何を求められているのか。

どうして、僕の時間スリのことを知っているのか。

断ればどうなるのか。

彼らの回答は、大雑把にまとめれば次のようなものだった。

あなたが自由にできる時間を使い、簡単な作業をしてもらいたい。その作業は、通常の人間にとっては困難この上ないが、あなたであればまったくもって安全で、容易なことだ。

あなたの能力をどうして知っているのか、といえば、そのことは説明しにくい。説明しようがしまいが、知っている事実は変わらないのだから、省略したい。

仮に、この依頼を断っても、あなたにデメリットはない。金銭的な損害もなければ、精神的に恐怖を感じることもなく、肉体的な被害もない。今のまま、何事もなく暮らすことができる。ただ、あなたが救えたはずのものが、救えない、というそれだけのことである。

僕は、自分でも単純だとは思うが、仕事柄、人を救う仕事には関心があった。

「その仕事を引き受けたのならば」メールで訊ねたこともあった。誰が救われるのか？

子供なのか。老人なのか。この国の人間なのか。それとももっと範囲は広いのか、狭いのか。答えはこうだった。「子供が助かります。老人も助かります。控えめに見積もって、あなたは世界中を救うことになります」

「控えめに見積もって？」からかわれているとしか思えなかった。

では、逆に、僕がその仕事をやったとして、困る人間はいないのか。どんな薬にも副作用はある。僕の行動で、それこそ、そんなに影響力のある仕事であるのならば、困る人間もいるんじゃないか？

それに対する返事も、誠実なものに思えた。彼らは、「困る人間がいないといえば嘘になります」と断り、「とはいえ、具体的な被害や損害を与えるわけではありません」と説明してきた。「ただ、地道な努力をしてきた人たちの作業を無にしてしまいます」

続きのメールも謎めいていた。

持ち出された例は、飛脚だった。

飛脚？　メールで送られてきたその言葉を見た途端、どうしてまたそんなものが関係しているのか、と呆れたが、読めばこういうことだった。

江戸時代、都市間の通信には飛脚が使われた。飛脚たちは数十日もかけて、走り、情報を伝達した。が、現代では、携帯電話を用いれば、ほんの数分で連絡を取ることができる。荷物を送ることにしても、宅配便で翌日には届けられる。

それと同じだ、と。

飛脚が走っている横で、「こちらのほうが効率的ですよ」と宅配便のトラックが追い抜けば、飛脚は落胆するだろう。今までの苦労や費用は無駄になるだろうし、つらい気持ちになるかもしれない。

あなたが仕事を引き受ければ、そういうことは起きる。

そういった説明だった。

僕が仕事を行えば、それは宅配便や携帯電話のような役割となり、すでに、地道に作業をしている飛脚のような立場の者の仕事を台無しにする。そういうことらしい。

「ただし、それは全体から見れば、喜ばしいことなのです」説明はそう続いた。「飛脚は仕事を失いますが、世の中は便利になります」

その程度なのか。

ほっとした。誰かが被害を受けるといえども、効率化によって飛脚が仕事を失う程度の、そのくらいのことなのか、と安心した。

僕は、仕事を引き受けることにした。

軽率だ、警戒不足だ、と非難はあるかもしれない。悪事の片棒を担がされるのではないか？　と僕自身も心配ではあった。詐欺ではないか、と。

が、やることにした。

自分の力を役立てたい。それは僕に限らず、あらゆる人間の欲求ではないか。自己実現の問題だ。ヒーローの役をやってばかりであったから、そのあたりの感覚が麻痺していた可能性もある。

私

私はショックを受けながらも、落ち着いていた。おそらく、現実として実感できていなかったのだろう。どこの誰が、突然、「あなたに、絶望的な変化が訪れます。世界のために」と言われ、受容できるのだろうか。

「私たちはこれから密使を派遣します。もちろん、あなたに何も知らせず、それを実行すべきだという案もありました。が、私たちは人間です。見て見ぬふりの、無責任ではいけないと考えました。自分たちの犯した罪から、目を逸らしてはいけない。ほかの多くの人間を救うのだから、ということを免罪符にしてはいけない。そう考えました。だから、あなたに来ていただくことにしました。これから行うことを目撃していただくことにしたのです。あなた自身にも、自分が今まで生きてきた人生を把握していただき、これからどうなるのか説明を受けていただいた上で」

「説明を受けた上で、どうしろというんですか？　死んでください、ということですか？」私は自分でも意外なほど、感情的な言葉を発していた。自分の中にこのような、相手を突く力があったのか、と感心した。

青木豊計測技師長はモニターを切り替える。先ほども見た二つの映像がある。「これが、こうなります」とまた、指差した。

「これがこうなる。そして、その瞬間、私はいなくなるんですか」

「時間はまだあります。隣の部屋には、あなたのお好きな食事が用意されています。

あなたの好みと思しき、女性たちも複数います。我々にできることはその程度です」

　また、モニターが替わる。白壁の部屋に、巨大なクローゼットのような、大きな機械が並んでいた。その部屋の中心、燭台のようなものの上に、透明のドーム型の入れ物がある。中にいるのが、六本足の、薄茶色の、平たい節足動物だ。触角をそわそわさせ、時折、思い出したかのように移動している。

「普通のゴキブリなのですか」

「そうではありません。どの個体でも良いわけではないのです。特別に育てられ、遺伝子操作を行って、選抜された一匹です。彼にかかっています」

「オスですか」

「あの部屋は厳重なセキュリティが施されています。センサーがあり、侵入者が入ると同時に警報が鳴り、やはりガスが出ます。エレベーターホールと同じ仕組みです」

　私が自棄を起こし、あの実験室を探り当て、中に飛び込み、ゴキブリを叩き潰す可能性を考慮しているのだろうか、青木豊計測技師長は淡々と説明した。

　鼓動が激しくなっている。胸の脈動で、皮膚が破れるのではないか。怖くなる。呼吸が荒い。唇が湿った、と思い、手をやると鼻から血が出ている。

僕は軽自動車に乗り、いつもは通ったことのない国道を進んだ。行き交う車は多く、深夜にも勢いが衰えることのない人間の活動力に驚く。

車内のデジタル時計を見て、交差点を折れる。アクセルを踏んだのは、予定の時間に間に合わないという恐れからではなく、高揚のせいだ。

日中、僕は憧れの、有名な遊園地のステージに立ったばかりだった。四千人は収容できる、まさに戦隊ヒーロー物の聖地とも呼べるその場所のイベントは、うちの会社のような規模ではなかなかお呼びがかからない。だから、社長が、「どういうわけか、急遽、某大手にダブルブッキングが発覚して、今度の日曜日のショーはうちに声がかかった」と興奮気味だったのも無理からぬことだった。普段であれば、起き得ないことなのだ。

社員はみな、のけぞるほどに驚いていたが、僕は、「そうか」と納得していた。すべて、「彼ら」からの指示通りだった。「我々は、あなたがその力を存分に発揮できるように、大勢の人間と握手が交わせるように手配をしましょう」とメールにはあり、まさにその通りのことが起きたのだ。

遊園地でのショーの後には、握手会が用意されていた。三百人近くの子供たちが列を作り、僕は握手を交わした。僕にとっては、最高記録だ。

獲得時間、三十分也。

三十分で、依頼されたことができるのかどうか。

できるだろう、と僕は見積もっている。

依頼内容はひどく単純であったし、送ってこられた建物の見取り図によれば、移動の距離も大してなさそうだった。三十分もあればこなせるのではないか。

「あなたたちは驚くほどの情報を持っている。僕の会社を、あのステージに立たせるほどの影響力も発揮できる。そうであるなら、こんな仕事は自分たちでできるのでは？」僕は疑問に思った。「実際、やるべきことも単純じゃないですか」

彼らはこう説明した。「百メートルを十秒で走る方法を知っていたとしましょう。理屈は言えますし、競技場を作ることも、環境を作ることもできるかもしれません。どういったフォームで走るべきかも分かります。ただ、それを実際に走れるのは、能力を持った人間のみです」

目的の建物は、夜の景色の中にも見つけることができた。街路灯が白壁を照らしている。ビルの正面に路上駐車すべし、と言われていた。乗ってきたのは、自分の車ではない。今日の仕事のために貸されたものだった。メールにて、「軽自動車をお渡しします」とあり、翌日にはアパートに業者が運んできた。

軽自動車を停め、鍵を捻る。

車の鼓動は止まり、フロントライトがふっと消えた。先ほどまで道路を疾駆していた、その生命力が急に蒸発し、大きな塊と化した。輸送用の生き物が役割を終え、寝息を立てはじめたようにも思える。

車から降りると、白いビルに近づく。出入り口は透明の大きな扉で閉ざされていた。深夜であるためロックされている。脇の壁にインターフォンがあり、暗証番号と指紋認証の入力により、扉は開くらしい。

しばらくそこで待っていた。

「停電を起こします」数日前、初めて、声によるやり取りを交わした際に、男は言った。落ち着き払い、抑揚のない喋り方は、電話でのやり取りにもかかわらず、メールで連絡を取っている気分になった。

「停電?」

「あなたが移動するにはいくつか扉を開かねばなりません。自動扉です。ただ、すべてが電子制御のロックですから、電気さえ止めれば、手で開きますので」

「停電ですか。でも、秘密基地であればそれくらいは想定している気がします」僕は答える。

「もちろんです。停電が起きても電力供給が途切れぬように、かなり優秀な無停電装置が設置されています。ただ、我々はそれも停止させます」

そんなことができるのであれば、と僕は素朴に思った。「あなたたちにそんなに凄い力があるなら、何でもできるじゃないですか」セキュリティが厳しい施設だと僕は知らされていたのだが、その割には、脆弱に感じた。

「そうとも言いきれません。なかなか、堅牢強固な設備ではあります。無停電装置が停止した場合には、補助的な、菌糸電池が発動します」

「菌糸電池？　何ですかそれは」

「黴の増殖などの原理を利用した、電池エネルギーです。まだ、一般的には発表されておりませんが、専門的機関では実用化に踏み切っています。あくまでも従来の電気の補助的な役割ですが」

「それが動くんですか」

「菌糸電池発動後、不審者や異常事態をカメラが感知すれば、設備内の作業はすべて緊急停止となりますし、武器を携えた警備隊が施設内を隈なく、調べます」

「では、どうするんですか」

「無停電装置が止まり、菌糸電池に切り替わる際に、起動準備時間があるのです。その時間を利用します。つまり、切り替わるその間だけは、電気が通っていないため、各部屋の扉は、手動で開くわけです」

「その起動準備時間、というのはどれくらいの時間なんですか？」

「五秒です」

「五秒？」

「無停電装置の停止を感知してから、五秒後に菌糸電池に切り替わります」

「五秒？　たったの？　その間に何ができるんですか」

電話の主はそこで初めて、穏やかな口ぶりになった。「だからこそ、あなたにお願いしているんです」

ビルの外は暗く、少し寒かった。膝を屈伸させ、伸びをした。体を捻り、筋を伸ばす。スーツの上から無理やりつけた、腕時計を見る。私物ではなく、送られてきたものだ。正確さが売りの、高級なものだとは想像がつく。

秒針をじっと眺めた。明日がすぐそこまで近づいている。緊張する。三十分近くのた。停電発生だ。時間を見る。零時の一目盛前、秒針が止まっている。スタートだ。
常夜灯のようなものが、一瞬消えた。そして、また点いた。かと思えば、結局消え
まずい、見られたか、と思うがその直後、ビルのエントランスに設置された、小さな
あるのか背広姿だ。暗い中ではあるが、少し驚いた表情を浮かべているのが分かる。
わけが違う。役割があった。視界の隅に影が見え、振り返ると人がいた。帰宅途中で
「余分な時間」を使うのは初めてであるし、しかも、優雅にコーヒーを楽しむのとは

目の前の、透明な扉に手をかける。横に引けば、動いた。電気が落ちている状態なのだろう。指示が正しければ、次の電源に切り替わるまで、五秒かかるわけだ。

僕はその五秒間で、三十分を使う。

ビルの奥、エレベーター脇の階段を使い、下る。硬い足音が冷たいビル内に反響する。三階分を、ぐるぐる回りながら降りるのはそれなりに時間がかかったが、日ごろの稽古に比べれば、何ということはなかった。

地下三階に到着する。聞いていた通りの光景がある。JRの改札機のようなレーンがあり、脇に、男が二人立っていた。背広姿だったが、腰に武器を携えているのは分かる。壁には監視カメラがあった。人もカメラも止まっている。

レーンを飛び越えた。ほかにも認証装置があったが、いずれも動作は止まっているため、気にする必要がない。飛び上がり、機械を次々と乗り越える。正面の扉を、力ずくで開け、通路に出た。

まっすぐ続く通路は遠近感がなく、走っていても、前に進んでいるのかどうかわからなくなり、何度か眩暈《めまい》を覚えた。が、駆けるほかない。突き当たりを左へと曲がる。

人が立っていた。悲鳴を上げてしまう。すぐに気を取り直す。僕以外の人間が動くことはないのだ。

その後の細かい移動は省略しよう。走り、角を曲がり、通路を進み、を繰り返しただけだ。疲れるほどではなかった。

最終的には、目当ての部屋の前に到着した。手術室を思わせる、扉とランプがある。重いドアではあったが、これも体重をかけて押し、開けた。

中は広々としていた。

さまざまな器具や机、コンピューターのようなものが並んでいる。壁にはモニターがいくつもあったが、いずれも静止していた。

研究者と思しき人間も目に入った。特殊な素材なのか、薄い宇宙服とでもいうような、服を着込んでいる。頭は隠れていなかったが、透明のパネルを顔の前に、眼鏡のように装着していた。

壁の高い位置には窓があった。ガラス越しの向こう側に、大勢の人間が立っている。観覧席からこちらを眺めているようでもあった。

こんなもののために見物客が集まるのも可笑《おか》しなものだ、と僕は思いながらも、いい気はしなかった。高みの見物の傲慢さを感じたからだ。

部屋の中央へと歩いていく。ぽつんと置かれた、一つ脚のテーブルに、透明のケースが置かれている。手品師のステージ上のようでもあるし、もしくは、高級な料理が載った皿のようでもある。

そのテーブルの周囲にも、監視センサーや異常事態に対応する装置が並んでいることは聞いていた。が、電気が止まり、時間が止まっている状態では意味がない。

僕はまっすぐに歩を進める。

透明の、半球型の蓋を開けた。その時が一番恐ろしかった。中にいるのは、あのおぞましい昆虫であると知っていたからだ。

腰のベルトにくりつけてあった小箱を取り出す。これも用意されたものだ。蓋を開け、震える手でその虫を触る。素手ではないものの鳥肌が立つ。箱の中に入れ、素早く蓋を閉めた。ベルトに引っ掛ける。テーブル上のケース内には、指示された通りに、記憶媒体カードを置いた。

あとは帰るだけだ。来た道を必死に走り、戻る。

通路の途中、一瞬だけ羽音が聞こえた。ように感じた。箱の中で、虫が動いたのか？　まさか、と思う。この、恐ろしい、驚異の昆虫であれば、僕の自由な時間に割り込んでくる力くらいは備えていそうにも思えたが、それ以上、音は聞こえなかった。

「最初に発表されたのは、二〇一〇年の、英国総合微生物学会でした」先日の電話で、相手の男はそう言った。「メチシリン耐性黄色ブドウ球菌や病原性大腸菌などの致死性のある細菌を死滅させる、天然の抗生物質を、ゴキブリの中枢神経系が作り出すことが分かったのです。ゴキブリとバッタの脳にある、九種類の抗菌性物質は、各分子が異なる種類の細菌を殺すように特化していることも判明しました。昆虫は、人間とは異なる力を備えているわけです。それから、研究は続けられ、今では、特定のゴキブリから強い抗生物質を作ることが可能になっています」

それを聞いた時、僕は、相手の話す時制がよく分からなくなった。「今では」という、「今」がいつなのかが理解できなかったのだ。「二〇一〇年」をひどく昔のことのように、語っていた。さらに彼は、「今、世の中では耐性菌の蔓延で大変なことになっています」と続ける。

「今？　耐性菌の蔓延なんて」どこにもないじゃないか。

「我々は、多くのゴキブリやバッタを使い、抗生物質を作ることにトライしましたが、有効なものはできても、決定的なものは作れませんでした。適した、最適のゴキブリを見つけることができなかったからです。仕方がなく、遺伝子情報を分析し、遺伝子系図を、巨大な系図を作りました。結果、過去に、我々の求める一匹が存在したことが分かりました」

それを、確保してほしい。

僕への依頼はそれだった。ある施設で、ある計画に使われる予定の、ある虫が必要なのだ、と。「ある」ばっかりだ。

その虫が入手できれば、耐性菌については簡単に解決できます。我々は、あなたの時代の、その昆虫の遺伝子情報が必要なのです。

「いったい、その施設内では何をしているんですか？」

「実は、彼らの目的も最終的には、我々と同じなのです。耐性菌の蔓延を防ぐ。そのために働いています」と電話の主は言った。「ただ、我々のほうがスマートなのです。効率的で、被害は少なく、美しい」

「飛脚と宅配便のような差ですか」

「まさに。だから、彼らのやり方ではなく、我々のやり方をすべきなのです。もちろんそれは、彼らのせいではありません。時代が変われば、できることは変わります。登場したばかりの携帯電話は大きくて、後から見れば、滑稽な道具箱にしか思えませんでした。が、その時にはそれが最新の形、スマートなやり方だったわけです」

「そちらの、『今』とはいったい、いつなのですか」

答えはもらえなかった。

エレベーターホールまで戻る。まだ、警備員たちは止まっていた。僕は階段を駆け上がる。一階に到着する。扉をこじ開け、外に出た。空はぼんやりとした黒色で、雲がぴたりと貼りついたままで、星のまたたきもない。

私

自分がまだここにいる、ということが実感できなかった。自分が思う故に自分はこここにいるのだ、という言葉はまさにその通りだ。反対に考えれば、自分の存在が消滅した瞬間、「あ、消えた」と思うこともなく、つまり、「思うこと」も消えるのだろう。

少し前、私は時計が零時になる瞬間、ぎゅっと目を閉じた。

青木豊計測技師長からの説明に納得したわけではなかったし、さらに、そこで語られた、私に起きる、「絶望的な変化」を潔く受け入れたわけではなかった。

私は暴れ、取り押さえられ、胃腸薬にも似た薬を飲まされた。食事を取り、美女が、私の主観によれば美女に分類される女性たちが周りを取り囲み、ふと、気が遠くなるついでのように、「これはこれで、こういう最期も悪くないのかもしれない」と思いかけた。

そうか、こんなひどいことがあるわけがないのだから、これは嘘で、誰かがからかっているだけなのだ。

そう信じたい思いがあったのも否定できない。

自分が今日中に死にますよ、と言われ、それを受け止められる人間がどれほどいるのか。

青木豊計測技師長は零時を回る前に、一度だけ姿を見せた。室内のモニター越しに、「どうされますか」と私に訊ねた。「零時を回る時に、どうされるのが希望ですか」

それこそ美女と裸で抱き合ったまま、零時を迎えたい、といえばそれは叶えられたのかもしれない。彼らも、このような事態は初めてで、だから試行錯誤なのだろう。「一人の人間の絶望により、大勢が救われるのであれば」私は何度も言い聞かせようとした。「それで良いのではないか」と。理屈としては理解できた。が、「その一人が、自分であること」の恐ろしさは受け入れがたい。

ゴキブリが送られる先は、つまりタイムトラベル先は、ある時の、ある家庭らしかった。そこでは、中年女性が食器を洗っている。そこに固定電話が鳴る。夫人はちょうど食器を洗い終えたところであったから、受話器を持ち上げる。相手の声が言う。「わたし、おたくの旦那さんの浮気相手です」と。

「それは恐ろしいですね」私は想像し、言った。

青木豊計測技師長は、「ええ」とうなずいた。「そこが重要な分岐点です」

密使はその流れを食い止める役割を果たすらしかった。ゴキブリが出現し、夫人は悲鳴を上げ、台所から飛び出し、二階へ避難する。夫は虫を叩いた後で、受話器を上げ、かけてきたのが浮気相手であることに驚き、必死に宥める。つまり、妻には浮気を知られないで済む。

そこからどういったドミノが倒れていくのかは分からぬが、ワールドカップの開催地が変更となり、流行の帽子のデザインが変わるような影響があり、その結果、恐ろしい菌の蔓延は防止される。

これが、こうなります、だ。

零時を回った直後、私はぎゅっと目を閉じた。頭が空洞になり、暗黒の宇宙に放り出される恐怖で、失禁した。

落下する感覚があった。暗い中を、加速しながら真っ逆さまに。声も上げられぬ幼児、もしくは乳児と化したかのようだ。どこかの幼児とつながった。私は延々と落ち続け、あとは、無機質なパネルにでも激突し、すべてが終わる。

やがて、痛みと弾力を感じた。

何も見えないながらも、巨大な何者かの腕で抱えられたのが分かる。聞こえるはずのない歓声が鳴っている。

恐る恐る、瞼を開けた。「ああ、私が、まだ、いる」とぼんやりと思った。消えるはずの私が、いた。ゴキブリが過去に行き、時間の流れが変わり、私は死ぬ。そうなるはずであったのに、私はまだ、いた。掬《すく》い上げられた。遠くの歓声はまだ止まない。

私

青木豊計測技師長は律儀なのか、すでに関係者の枠から外れた私にも、報告をしてくれた。零時から一時間が経っている。最初に説明を受けた、小部屋で向き合っていた。

モニターには、本来であれば、ワームホールに送り込まれるはずだったゴキブリが消失する場面が何度も映った。スロー再生をしてもまるで分からないのです、と彼は頭を掻いた。零時直前まで、そこに虫はいた。が、零時になると消えていたのだという。

「ゴキブリがタイムトラベルしたために消えたのではありませんか」私は言った。

「それにしては何も影響がありません。送り込むことで生じる衝撃もありませんし、それに」

「ああ、私もここでまだ生きていますからね」

「かわりに、メモリカードがありました」

「ゴキブリが、カードに変身したんですか」

「考えにくいですね」青木豊計測技師長はお手上げ、という様子でもあった。「先ほどこのカードの記録を確認したところ、あるダイエット商品のコマーシャルがありました」

「ダイエット商品の？」

「新しい運動器具のようですが、いまのところ、そのような商品が流通している情報は確認できていません」

「未来のダイエット商品だったりして」私は軽口を叩いた。生きているという事実に浮かれていたのかもしれない。「良さそうな商品ですか？」

「最後に、大きく、広告コピーが流れました」

「どういう？」

「『あなたの今までのやり方よりも、より効果的に、求めていた結果が得られます』と」

　はあ、と私は相槌を打つ。

　それから青木豊計測技師長は、ビルの外を通りかかった、通販会社の社員の証言まで教えてくれた。零時過ぎに、外にいたとのことだ。

唯一の証人である男は、地上の白いビルの前を通りかかった際、人影を目撃した。

「正確には、急にそこに立っていたんですよ。どこから来たのか分からなくて。車に乗って、いなくなってしまいました」と言ったらしい。

その彼は、目を凝らし、それが、緑色のコスチュームを着た人間だと認めた。顔から足まで完全に覆われ、大きなベルトをした姿は、子供向けのテレビに登場してくる戦隊物の恰好だった。「うちの息子と一緒にテレビを観ていますから、間違いありません!」

車に乗る直前、その緑の男は、ベルトから何やら小箱のようなものを外し、顔を寄せ、不気味な音でも耳にしたのか、体をぶるぶる震わせ、「気持ち悪い!」と叫んだかと思うと、ひどく慌てた様子で口に手を当て、「失言に気を付けないと」と呟いたらしかった。

私は瞼を閉じる。夜の闇に、ぼろろろ、と煙を出しながら立ち去る車の、その運転席の窓から白いマフラーが飛び出し、勇ましくも爽やかに揺れるのが見えた。

あとがき

　ここに収録されている、「ＰＫ」と「超人」は、二〇一〇年の春に書きはじめ、夏の終わりに完成し、校正作業まで終えていました。諸事情により（別に大層な事情ではありません）すぐには雑誌掲載されず、結局、掲載が決まったのが翌年、二〇一一年の二月頃、その直後に東日本大震災が起きました。

　なぜ、このような時系列を説明するのかといえば、雑誌掲載時に読者の方から、「震災が起きた中、被災地にいながら、作品を完成させたのは立派だ」と褒められたことがあり、非常に申し訳ない思いに駆られたからです。確かに、雑誌の発売は四月上旬ですから、本来であれば三月にはさまざまな作業をやっていたことになります。ただ、あの地震が起きた直後（特に三月中）の僕は（大きな被害がなかったにもかかわらず）精神的にくたびれ、何もできない自分に嫌気が差し、日々の物資のことを考えることで頭がいっぱいで、小説については意識を向ける余裕もありませんでした。今から考えれば大袈裟かもしれませんが、その時には、雑誌が発売されること自体が夢物語でした。

というわけで、この二作品につきましては、震災が起きてから作業をする必要がまったくなく、だからこそ掲載ができたものです。こういった説明は小説の中身とは無関係ですし、発表した作品に誤解が付き纏うのは避けられないと分かってはいるのですが、事実は一応、伝えておこうと思った次第です。

「密使」は大森望さんの編んでいるSFアンソロジー『NOVA』に載せてもらうために書いたものです。こちらも原稿自体は、二〇一一年の二月には完成していたものです。

この単行本をまとめるにあたり、「PK」「超人」「密使」いずれも少し手を加え、手前みそではありますが、より、繋がりが楽しめる形になったのではないかと思っています。

こうして三つの中編を並べてみたところ、「緑の海」の文章からはじまり、「緑色の服」で終わることとなりました。意図したものではないものの、こうした意図せぬ繋がりはやはり、愉快なものです。

〈参考・引用文献〉

『アドラーに学ぶ　生きる勇気とは何か』岸見一郎著　アルテ
『戦争はなぜ起こるか―目で見る歴史』A・J・P・テイラー著、古藤晃訳　新評論
『タイムマシンがみるみるわかる本』佐藤勝彦著　PHP研究所
『群れのルール　群衆の叡智を賢く活用する方法』ピーター・ミラー著、土方奈美訳
東洋経済新報社

作中の、英国総合微生物学会の記事については、二〇一〇年九月七日のAFPBB News記事を参考にし、嘘を織り交ぜています。また、作中に登場してくるミクロ蟻、菌糸電池などは全てこちらの想像です。

解説

大森　望（文芸評論家）

本書『ＰＫ』は、数ある伊坂作品の中でも特異な位置を占めている。そもそもこれは中篇集なのか、それとも長篇なのか？

収録作は、「ＰＫ」「超人」「密使」の三篇。〝未来三部作〟とも呼ばれるこの三篇が合体して、最後まで読むとひとつの長篇に変貌する。『ＰＫ』は、そういう騙《だま》し絵的な趣向の一冊。〝現代においてヒーローはいかにして可能か〟が小説のテーマ（のひとつ）になっている点や、凝りに凝った構成、洒落《しゃれ》た会話、卓抜なユーモアなど、いかにも伊坂幸太郎らしい要素がぎっしりつまっているが、三つの話のつながりかたが他の伊坂作品とはちょっと違う。それどころか、古今東西の小説を見渡しても、似た例がちょっと思い浮かばないくらい、きわめて野心的にして大胆不敵。一筋縄ではいかない傑作なのである。

そういう小説になったのは、本書の成立事情も関係している。三作のうち二作、

「ＰＫ」と「超人」は、ともに講談社の文芸誌〈群像〉に掲載されたもの（二〇一一年五月号と七月号）。純文学誌に書くのはこれが初めてということもあり、リーダビリティよりも読み応えに重点を置いて、新しい書き方にチャレンジしたという（著者インタビューより）。スタイル上の下敷きにしたのは、ドミノ倒し形式の『フィッシュストーリー』。ただし、〝風が吹けば桶屋が儲かる〟的なふつうのドミノ倒し小説ではなく、〝「割り切れない倒れ方」をするドミノを作ろうと思った〟と述懐している（ちなみに、単行本の『ＰＫ』は、カバーにドミノが並んでいるが、端の一個を倒したとしても、きれいにぜんぶ倒れることはなさそうな配置になっている）。こうしてまず「ＰＫ」が誕生し、そこから派生するかたちで、一部登場人物が共通する「超人」が書かれた。小説のタイプは違うものの、二作は姉妹篇というか、外見が似ていない双子のような関係にある。

ただし、読んだ人はおわかりのとおり、両者は背景となる世界が微妙に違う。「ＰＫ」では二〇〇二年のサッカーＷ杯がフランスで行われる（ことになってる）のに対し、「超人」のほうでは、この年、（ぼくらが知る歴史のとおり）日韓Ｗ杯が開かれている（もっとも、東京レッドジンジャーというプロサッカーチームがあるから、現実そのままではない）。二つの中篇はいったいどういう関係なのか？

その謎を解く役割を果たすのが最後の「密使」。こちらは、大森が責任編集を担当する河出文庫のアンソロジー『NOVA5 書き下ろし日本SFコレクション』が初出。SF専門媒体にも初寄稿ということで、単独作品としては、うるさがたのSF読者をも満足させる、バリバリに気合いの入った密度の濃い時間SFに仕上がっているが、それだけじゃない。同時に「PK」と「超人」の関係をうまく説明し、両者を「密使」の世界に吸収して、この三篇をひとつの長篇に融合させる離れ業を決めている。鍵になる決め台詞は、「これが、こうなります」。

それぞれの物語がどのようにつながっているのか、また三作品をひとつにつなぐためにちりばめられたさまざまなアイテムについては、自分で発見するのがいちばん楽しい。とはいえ、なにがどうなってるのかよくわからなくて読み終えたあとモヤモヤしている人や、わかったような気がするけど答え合わせをしたい人がいるかもしれない。そこで、ここから先は、すでに本書を読み終えた人だけを対象に、本書の個々の構成要素やエピソード相互の関係について、突っ込んだ話を書く。正解とはかぎりませんが、いずれにしてもネタバレ全開になるので、未読の方はくれぐれもご注意ください。

では、まず題名について。ＰＫとはもちろん、ペナルティエリア（ゴールのそば）で反則を犯したとき、罰として相手チームに与えられるペナルティキックのこと。キッカー（チームの誰が蹴ってもかまわない）とゴールキーパーが一対一になるので、シュートが決まる可能性はきわめて高い。それだけに、キッカーには途方もないプレッシャーがかかる。しかも、表題作の中では、このＰＫが決まればワールドカップ出場、失敗すれば予選敗退という場面。スタジアムの全員が固唾を呑んで見守るなか、たったひとり、ペナルティマークにセットされたボールに向かっていく。最大限に緊張するその一瞬が、「ＰＫ」の焦点になる。また、次の「超人」でも、べつの国内試合におけるＰＫの判定が重要な意味を持つ。

しかし同時に、ＰＫはpsychokinesis（サイコキネシス）の略でもある。psychoは〝精神〟、kinesisは〝動き〟〝運動〟を意味するから、サイコキネシスとは、手を触れず精神の力によってものを動かす超能力のこと。いわゆる〝念力〟とか〝念動力〟ですね。「超人」と「密使」には、（狭義の念動力者でこそないものの）さまざまなタイプの超能力者が登場する。というわけで、ＰＫ（ペナルティキック／サイコキネシス）が本書の三つの話をつなぐかたちになる。

共通要素はほかにもいろいろある。「ＰＫ」の中で〝作家〟が引用する「ひとりひとりはいい人たちだけれど、集団になると頭のない怪物だ」というチャップリン映画の名台詞は「超人」でも、本田毬夫の台詞に登場する。出典は、チャールズ・チャップリン製作・監督・脚本・主演の「ライムライト」(一九五二年)。六十歳を超えたチャップリンが演じる落ちぶれた道化師カルヴェロが、劇場を埋める客について述べた言葉だ。原語では、"Man as an individual is a genius. But men in the mass form the headless monster."(ふつうに翻訳すると、「個人としての人間は天才だが、集団としての人間は知力を欠いたモンスターだ」)。

伊坂幸太郎とチャップリンと言えば、すぐに思い浮かぶのは、チャップリンの代表作のタイトルを借りた『モダンタイムス』(講談社文庫)。同書にも、「ライムライト」の名台詞、「そう、人生はすばらしい——それを恐がったりしなければ。人生に必要なのは、勇気と想像力、そして少しのお金だけ」が、少しかたちを変えて引用されている(「人生を楽しむには、勇気と想像力とちょっぴりのお金があればいい」)。チャップリンは、「ライムライト」が完成したあと、赤狩りの嵐が吹き荒れる(まさに〝頭のない怪物〟に支配された)アメリカから事実上の国外追放命令を受けたため、これがハリウッドでつくられた最後のチャップリン映画となってしまった。

映画ついでに言えば、五四ページに出てくる〝ドイツ人監督による、ベトナム戦争時代のラオスが舞台の作品で、捕虜にされたアメリカ空軍兵が脱出を計る話〟とは、おそらく、ヴェルナー・ヘルツォーク監督、クリスチャン・ベイル主演のアメリカ映画「戦場からの脱出」（原題Rescue Dawn／二〇〇七年）のこと。主人公のディーター・デングラー中尉はパイロットとして出撃したラオス上空で撃墜されてベトナム軍の捕虜となり、米国非難の書類に署名を求められるが、それを拒否して収容所に送られる。こんなふうに〝主義を貫くこと〟の是非（主義を貫くためにどの程度までの犠牲が許されるのか）も、本書全体を貫くテーマのひとつ。

ちなみにこの映画が出てくるのは、並行して進む「PK」の五つのパートのうち、〝作家〟のパート。「PK」では、大きく分けて四つの現在が描かれる。すなわち、①五十七歳の〝大臣〟が主義をまげて嘘をつくことを強要されている二〇一一年。②W杯フランス大会アジア最終予選で日本のW杯進出がかかる最終戦がまさに進行している二〇〇一年。③議員になったばかりの〝大臣〟（当時三十歳）がマンションのベランダから転落する子供をキャッチして命を救い、同時に先輩のいじめに遭っていたふたりのサッカー少年（のちの日本代表選手）に勇気を与える一九八四年。

問題になるのは、四つ目の〝作家〟パートの時代設定。ふつうに読めば、〝作家〟は〝大臣〟（一九五四年生まれ）の父親だから、〝大臣〟が幼稚園に通っているこの時代は、一九五〇年代後半のはず。しかし、そこには携帯ゲーム機や、ベトナム戦争を描いた映画（「戦場からの脱出」だとすれば、二〇〇七年全米公開）が平然と登場する。ということは、〝作家〟があたかも〝大臣〟の父親のように見えるのは偶然の一致で、〝作家〟パートの現在も二〇一一年なのかもしれない。でも、いったいそんな偶然がありうるのか？　もうひとつ、「PK」の最後のほうで、〝大臣〟の秘書官が、〝大臣〟の父親の同級生だった〝次郎君〟であることがほのめかされるが、だとすれば秘書官は八十歳くらいになっているはず。いくらなんでもちょっとそれは……。ドミノの「割り切れない倒れ方」ってそういうこと？

「超人」まで読み進むと、疑問はさらに大きくなる。「PK」と「超人」の細かい齟《そ》齬《ご》はなにが原因なのか？

　前述のとおり、この謎を解く鍵は、「密使」にある。「密使」の〝私〟パートでは、千葉県市川市にある通販サイトの物流倉庫（たぶん、アマゾンジャパンの塩浜倉庫がモデル）の地下にある巨大研究施設で、時間の流れや世界の分岐をシミュレートする膨大な計算が日夜おこなわれている。その計算によって、過去のある時点で、ある変更を加えれば（もしくは加えなければ）、未来がどのようになるかが、すでに判明している。青木豊計測技師長の言葉を借りれば、「これが、こうなります」というわけだ。もっと具体的に言うと、彼らの研究は、耐性菌が蔓延する破滅的な未来を避けるのが目的。ただし、世界を分岐させては意味がない。べつの線路に切り換えるのではなく、線路を少しずつ動かして安全な未来にたどりつかせるために、〝最も適切な、最初のドミノ〟を倒す必要がある。その〝最初のドミノ〟を倒すために過去へ送られる〝密使〟が、なんとゴキブリ。

つまり、「密使」では、過去にゴキブリを送ってコースを変えようとする歴史改変プロジェクトにまつわる話と、それよりももっとエレガントな方法で歴史を変えられる人々（未来人？）が、ゴキブリ計画を止めると同時に耐性菌の特効薬をつくるためにゴキブリを盗み出す（その実行役に、〝時間スリ〟能力を有する〝僕〟をスカウトする）話とが並行して進んでいく。

この時点ではじめて、「PK」と「密使」に出てきたゴキブリのエピソードの意味が明らかになる。〝大臣〟の父親はむかし浮気していたことがあり、ある日、その相手から自宅に電話がかかってきた。ところがそのときゴキブリが出現したため、妻（〝大臣〟の母親）が二階に避難していてことなきを得た――というのが「PK」の世界。

一方、ゴキブリが現れなかったので（〝時間スリ〟に盗まれてしまったので）妻が電話に出て大騒動になった——というのが「超人」の世界。

「密使」で描かれていることが現実だとすれば、「PK」は最終的に実現しなかった世界ということになり、〝作家〟パートの年代設定の謎も、市川の地下施設でシミュレートされている仮想的な歴史のひとつだと考えれば一応は納得できる。あるいは、ゴキブリ計画が成功したのが「PK」世界、時間スリ計画が成功したのが「超人」世界と考えてもいい。

要するに、歴史改変のための二種類の方法（ふたつの勢力）が存在し、それぞれ過去を変えようとしているわけだから、「PK」と「超人」は、そうした〝未来からの介入〟にどう立ち向かうかを描いた小説だと読むこともできる。

実際、「超人」で毬夫に送られてくるメールは、毬夫の予知能力と考えるより、歴史を動かそうとする未来人の試みのひとつと考えるほうが（SF読者的には）しっくりくるし、〝大臣〟に偽証を強要したり、〝作家〟に改稿を促したりする謎の勢力も、未来からの干渉っぽい。そういう目で見ると、「PK」の秘書官はなんだかタイムトラベラーくさいし、「超人」に出てくるスーパーマン（青い服の男）も、未来人だと考えればギリギリ説明がつかなくもない（あるいは、三島＝未来人＝青い服の男かもしれない）。

三話に共通して出てくるダイエット商品の広告コピー（および商品自体）の違いも、歴史に与えられた変化を示唆している。とまあ、そのあたりに着目してこの本を頭から読み直すと、初読のときとはまた違った景色が見えてくる。ここに記した以外にも、さまざまな解釈が可能だろう。

「ＰＫ」のテーマ的なキーフレーズは、「臆病は伝染する。そして、勇気も伝染する」。オーストリアの心理学者アルフレッド・アドラー（一八七〇～一九三七）の言葉として、作中で紹介されている（出典は、岸見一郎『アドラーに学ぶ』）。もっとも、「臆病は伝染する」は、起源をたどれば、ロバート・ルイス・スティーヴンソン『宝島』（一八八三年）に出てくる言葉で、「他方、議論は人を勇気づける」と続く（They say cowardice is infectious; but then argument is, on the other hand, a great emboldener）。本書では、それを踏まえた「勇気も伝染する」という言葉が焦点になり、（『フィッシュストーリー』のような）ドミノ式の思いがけない伝染が語られてゆく。

そもそも、『ＮＯＶＡ』に寄稿していただくにあたって、僕が編者として伊坂さんに時間ものをリクエストしたのは、『フィッシュストーリー』が念頭にあったからだった。タイムトラベルを扱っているわけではないが、あのスタイルはむしろ時間ものに向くんじゃないか――となんとなく思ったのがその理由。結果は、期待をはるかに上回った。ゴキブリを過去に送ることによる歴史改変という設定だけでもじゅうぶん魅力的だが（密使がゴキブリでなければならない必然性が、もっともらしく説明されているのも楽しい）、さらに〝時間スリ〟という秀逸なアイデアが加わって、時間SFの歴史に残る名作が誕生した。その「密使」が、まさかこんなふうに「PK」「超人」をとりこみ、長篇として完成させる要石になろうとは……。驚くべき離れ業というしかない。

「密使」のラストは、緑のコスチュームを身にまとった〝時間スリ〟の雄姿。それは、テレビの戦隊ヒーローそっくりの姿として描かれる。「超人」の〝青い服の男〟はスーパーマンそのものだし、日本代表の青いユニフォームをまとってペナルティマークのボールに向かって歩いてゆく「PK」のサッカー選手もまた、人々の期待を背負うスーパーヒーローだ。だれかの勇気が彼らに伝染し、彼らの勇気がまただれかに伝染し、それが積み重なって歴史が動く。困難な時代にこそ、彼らの存在が強く求められる。複雑に入り組んだ構成を持つ本書は、そんなスーパーヒーローに対するシンプルで力強いエールでもある。

二〇一一年三月十一日、仙台で東日本大震災に被災した伊坂幸太郎は、その十二日後、ウェブ文芸誌〈MATOGROSSO〉にエッセイを寄稿。前出の「臆病は伝染する」という言葉を引きながら、放射能への不安と、ヒーローの効用を率直に語っている。その最後の一節を引用して、本稿の締めくくりとしたい。

自分にできることは小説を書くことだけだから、
その仕事でどうにか役立ちたい、だなんて、そんな無責任なことは
今の僕にはとてもじゃないけれど言えない。

でも、放射能を怖がる親から命じられ、屋内で過ごすことを
余儀なくされている子供は、
「仮面ライダーオーズ」を観て、仮面ライダーのおもちゃで
楽しそうに遊んでいる。
仮面ライダーがいてくれて、本当に良かった。

新装版への解説

大森　望（文芸評論家）

「今から思えば」大臣は半分、意識せずに洩らした。「試されていたのかもしれない」

「何を試されたんですか」秘書官がすぐに質問してきた。

「たとえば」大臣は少し間を空け、考えた後で、「たとえば、勇気の量を」と言う。

（本書所収「ＰＫ」より）


カタールで開かれた二〇二二年のＦＩＦＡワールドカップ。初のベスト8進出がかかる決勝トーナメント一回戦で、日本はクロアチアと一二〇分戦って1－1の同点。試合はＰＫ戦（ペナルティー・シュートアウト）へともつれこみ、日本は1－3で敗れた。二番手でＰＫを蹴り、ゴールキーパーに止められてがっくり肩を落とす三笘《みとま》薫《かおる》。その三笘に駆け寄って右手を差し出したのは、小学校時代から一緒にプレーしてきた幼なじみの田中碧《たなかあお》だった。この二人は、グループリーグのスペイン戦で日本に逆転勝利をもたらしたコンビ。ゴールラインぎりぎりで三笘が折り返したボールを田中碧が決めたプレーは、〝三笘の一ミリ〟と呼ばれて世界的に話題になった。

一方、本書『PK』の表題作「PK」は、同じカタールで開かれた日本代表の大一番で幕を開ける。いつ試合終了の笛が吹かれてもおかしくないアディショナルタイム。フォワードの小津は決定的なゴールを決める寸前、うしろから倒されてPKを得る。ペナルティーマークにボールをセットした小津に、小学校時代から一緒にプレーしてきた幼なじみの宇野が歩み寄る……。

まるで未来を予見したような場面だが、作中の試合はワールドカップ本番ではなくアジア最終予選のイラク戦だし、PK戦ではなく試合中のPKだから、違うと言えばぜんぜん違う。そもそも作中で描かれる二〇〇二年W杯の開催国は日本と韓国ではなくフランスなので、時代どころか世界線が違っている。

それでも、二〇二二年十二月六日未明、クロアチアとのPK戦をABEMAの生中継で観ながら僕がなんとなく思い出していたのは伊坂幸太郎の「PK」だったし、これからも重要なPKの場面に遭遇するたびに「PK」のワンシーンを思い出すような気がする。実際には起こらなかった出来事を見てきたように描ける小説だからこそ、そこには一種の普遍性があるのかもしれない。

……というわけで本書は、『魔王』『モダンタイムス』の新装版につづく、『ＰＫ』新装版。旧版の解説を書いたのはつい二、三年前のような気がするが、旧版の奥付を見ると、初刊からもう八年四ヵ月も経っている。単行本の刊行から数えると十一年だから、もう一昔以上前か。光陰矢のごとし。

とはいえ、中身が変わっているわけではないので、昔の解説につけ加えることはあまりないが、『魔王』『モダンタイムス』とつづけて『ＰＫ』を読んでみると、三部作とは言わないまでも、ゆるやかなつながりがあることに気づく。

たとえば表題作「ＰＫ」は、冒頭に引用した一節でもわかるとおり、〝勇気の量〟を試される中編だが、これは『モダンタイムス』の書き出しの有名な一節「実家に忘れてきました。何を？　勇気を」とそのまま重なる。〈この小説は、「勇気はあるか？」という質問に対するもうひとつの答えにたどりつくまでの長い道のりの物語だとも言える〉と『モダンタイムス』新装版への解説に書いたが、それは『ＰＫ』でも変わらない。

大きな力に抗《あらが》って、個人に何ができるか？　それが、『魔王』『モダンタイムス』『PK』の三冊に共通するテーマなのである。

二話目の「超人」に出てくる本田毬夫《まりお》は、携帯電話を通じて、ある政治家が十年後に一万人を死なせるという予言を与えられ（彼は、奇妙なかたちで未来を予知できる超能力者だとも考えられる）、その政治家を殺すべきかどうか頭を悩ませている。その悩みを相談された三島は、本田が帰ったあと、友人の田中に向かって、「あれはね、『デッドゾーン』です」と言い放つ。「超能力と政治家と来れば『デッドゾーン』と相場が決まっているのだから、あの彼もたぶん、その影響であういった話を作り出したのでしょう」

もっとも、三島はその映画を観ていない。なぜなら、〈ずいぶん前に、「特殊能力を持った人間が、政治家と対決する物語」を発表した際、評論家たちから、「デッドゾーン」の二番煎じではないか、と揶揄《やゆ》されたことを根に持っている〉からだ。〈悔しさのあまりまだ観ていないのだが、おおよその粗筋《あらすじ》なら分かる、とも言った〉

これは、『魔王』表題作を発表したさいに伊坂幸太郎自身が経験したことで、じっさい著者はいまだに映画「デッドゾーン」を観ていない（スティーヴン・キングの原作も読んでいない）という。そう考えると、「超人」は「魔王」のかたきを討つ話だとも言える。その仇討《あだう》ちの助っ人に現れるのがマントの超人なのだが、それについてはもう少しあとで触れよう。

二〇二二年十一月、この一連の講談社文庫新装版のために仙台の著者にリモートでインタビューしたさい、『ＰＫ』の由来についても話を聞いたので、ここでは旧版の解説を補足するようなかたちで、その内容を紹介したい。

旧版解説で触れたとおり、「ＰＫ」「超人」は講談社の文芸誌〈群像〉に掲載されたが、もともとこれはGRANTAのために書かれた作品だったという。GRANTAとは、一八八九年にケンブリッジ大学の学生によって創刊された英国の老舗文芸誌。ミラン・クンデラやガブリエル・ガルシア゠マルケスの作品をいちはやく英語圏に紹介した世界文学の雑誌としても知られる（その日本版にあたる〈GRANTA JAPAN with 早稲田文学〉が二〇一四年から二〇一六年までに三号出ている）。二〇一〇年には〈群像〉とGRANTAの共同企画があり、桐野夏生《きりのなつお》「山羊の目は空を青く映すか」とチママンダ・ンゴズィ・アディーチェ「シーリング」が、〈群像〉二〇一〇年八月号とGRANTAオンライン版に世界同時掲載されている。おそらくその流れのどこかで、伊坂幸太郎もGRANTAからの求めに応じて新作を寄稿することになったのだろう。もっとも、直接依頼があったわけではなく、この話を持ちかけたのは、当時、講談社〈群像〉編集部に在籍していた三枝亮介《さえぐさりようすけ》氏。

著者によれば、「ＰＫ」のメインモチーフがサッカーになったのもGRANTA掲載を意識したゆえだった。イギリスの読者との共通点はなんだろうと担当の三枝氏と相談するうちに、サッカーだったら行けるんじゃないかという話になり、そこからペナルティーキックというモチーフが浮上したらしい。ＰＫをめぐるエピソードを軸にいくつかの物語が並行するようなかたちで「ＰＫ」を書き上げたあと、作品について三枝氏と議論する過程で、「こういうアイデアもあるよ」と話したところ、「じゃあ、それも書いてくださいよ」と言われて執筆したのが「超人」だったという。

しかし、ジョン・フリーマン編集長（当時）の好みに合わなかったのか、それともGRANTA読者向きではないと判断されたのか、二編ともあえなくボツ。かわりに〈群像〉に掲載されることになったらしい。ちなみにその後、担当だった三枝氏は講談社を退社し、小説の海外翻訳権に関するエージェント業務などを行うＣＴＢを設立。『マリアビートル』をハリウッドのスタジオに直談判で売り込み、ブラッド・ピット主演による映画化を実現させ、「ブレット・トレイン」のエグゼクティブ・プロデューサーにも名を連ねている。英国のかたきをハリウッドで討つというか、「ＰＫ」の海外売り込み失敗が「ブレット・トレイン」になって帰ってきたかっこうだ。

旧版の解説で書いた「PK」「超人」「密使」のつながりについてもあらためて話を聞いた。著者いわく、

最初はただ三つ並べる中編集だったんです。でも、それだとなんかつまんないなあと思って、「PK」と「超人」はいったいどういう世界観なんだろうと（単行本にさいして）あらためて考えた。もともと単発の短編として書いたから、つながりを考えてなくて。でも、要素が似てるし、パラレル（ワールド）っぽいなと。そのあいだを「密使」がつなげられるかもしれないと、改稿しているときに気がついて、そういうふうに直しました。といっても、あらかじめ完璧な設計図があって書いてた作品じゃないので、ぼんやりしたかたちですけどね。だから、単行本のときは（三者のつながりに）とくに気づいてない人も多いと思います。文庫版の解説を読んで、なるほど、と（笑）。自分でもそんなに明解ですっきりした正解があるわけじゃない。なんかもやもやするけど、どこか納得するところもある。ちょうど中間ぐらいの感じですね。

最後に、さっき棚上げにしたマントの超人について。「超人」の冒頭、文庫版で四

ページにわたって、一九七八年全米公開の映画『スーパーマン』の中盤の出来事が描かれる。クリストファー・リーヴ演じるクラーク・ケント（カル＝エル）が、勤務先のデイリー・プラネット社の屋上から転落する寸前の同僚（マーゴット・キダー演じるロイス・レーン）を救う場面。多少の違いはあるものの（映画では、落ちてくる帽子は白じゃなくて黄色だし、ロイスを助けたあと、スーパーマンは歩道に降りるのではなく、彼女を右腕に抱えたまま、落ちてきたヘリコプターを左手でキャッチして、ロイスともども屋上に戻す）、スーパーマンの活躍がほぼ忠実に文章で再現されている。

このスーパーマン（とおぼしき青い服の男）は、作中、本田毬夫の前に突如出現し悪漢を一瞬でやっつけ、絶体絶命の危機から毬夫を救い、こう声をかける。

「君も闘っているのか」「俺たちは楽じゃない」

この場面は、伊坂幸太郎が自作の主人公たちに向けて送ったエールのように見えるが、考えてみれば、伊坂幸太郎が描いてきた、さまざまな（あまり役に立たない）特殊能力を持つ主人公たちは、特撮ヒーローや漫画・アニメのヒーロー群と同じく、日本が世界に誇るヒーロー群ではないか。『魔王』『モダンタイムス』『ＰＫ』の三冊が示すとおり、伊坂作品は、ＭＣＵ（マーベル・シネマティック・ユニバース）と同じく、現実社会を如実に反映し、現代と密接に関係しながら、等身大のしょぼくれたヒーローたちの物語を展開する。さしずめこれは、イサカ・ノベリスティック・ユニバース。ＩＮＵがＭＣＵのように全世界に広がる日が待ち遠しい。

■単行本　二〇一二年三月小社刊
■文庫旧版　二〇一四年十一月　講談社文庫

|著者| 伊坂幸太郎　1971年千葉県生まれ。東北大学法学部卒業。2000年『オーデュボンの祈り』で第5回新潮ミステリー倶楽部賞を受賞し、デビュー。'04年『アヒルと鴨のコインロッカー』で第25回吉川英治文学新人賞、「死神の精度」で第57回日本推理作家協会賞短編部門を受賞。'08年『ゴールデンスランバー』で第5回本屋大賞と第21回山本周五郎賞、'20年『逆ソクラテス』で第33回柴田錬三郎賞を受賞する。近著に『クジラアタマの王様』『ペッパーズ・ゴースト』『マイクロスパイ・アンサンブル』などがある。

ＰＫ《ピーケー》 新装版《しんそうばん》

伊坂幸太郎《いさかこうたろう》

2023年３月15日第１刷発行

講談社文庫

定価はカバーに表示してあります

発行者──鈴木章一
発行所──株式会社　講談社
東京都文京区音羽2-12-21　〒112-8001
電話　出版（03）5395-3510
　　　販売（03）5395-5817
　　　業務（03）5395-3615

KODANSHA

デザイン―菊地信義
本文データ制作―講談社デジタル製作
印刷───大日本印刷株式会社
製本───大日本印刷株式会社

Printed in Japan

ISBN978-4-06-530300-9

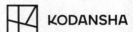

講談社文庫刊行の辞

二十一世紀の到来を目睫に望みながら、われわれはいま、人類史上かつて例を見ない巨大な転換期をむかえようとしている。

世界も、日本も、激動の予兆に対する期待とおののきを内に蔵して、未知の時代に歩み入ろうとしている。このときにあたり、創業の人野間清治の「ナショナル・エデュケイター」への志を現代に甦らせようと意図して、われわれはここに古今の文芸作品はいうまでもなく、ひろく人文・社会・自然の諸科学から東西の名著を網羅する、新しい綜合文庫の発刊を決意した。

激動の転換期はまた断絶の時代である。われわれは戦後二十五年間の出版文化のありかたへの深い反省をこめて、この断絶の時代にあえて人間的な持続を求めようとする。いたずらに浮薄な商業主義のあだ花を追い求めることなく、長期にわたって良書に生命をあたえようとつとめるところにしか、今後の出版文化の真の繁栄はあり得ないと信じるからである。

同時にわれわれはこの綜合文庫の刊行を通じて、人文・社会・自然の諸科学が、結局人間の学にほかならないことを立証しようと願っている。かつて知識とは、「汝自身を知る」ことにつきていた。現代社会の瑣末な情報の氾濫のなかから、力強い知識の源泉を掘り起し、技術文明のただなかに、生きた人間の姿を復活させること。それこそわれわれの切なる希求である。

われわれは権威に盲従せず、俗流に媚びることなく、渾然一体となって日本の「草の根」をかたちづくる若く新しい世代の人々に、心をこめてこの新しい綜合文庫をおくり届けたい。それは知識の泉であるとともに感受性のふるさとであり、もっとも有機的に組織され、社会に開かれた万人のための大学をめざしている。大方の支援と協力を衷心より切望してやまない。

一九七一年七月

野間省一